Ludwig Kaemmerer

Hubert und Jan van Eyck

Ludwig Kaemmerer

Hubert und Jan van Eyck

ISBN/EAN: 9783743434035

Hergestellt in Europa, USA, Kanada, Australien, Japan

Cover: Foto ©Raphael Reischuk / pixelio.de

Manufactured and distributed by brebook publishing software (www.brebook.com)

Ludwig Kaemmerer

Hubert und Jan van Eyck

Hubert und Jan van Eyck

Von

Ludwig Kaemmerer

Mit 88 Abbildungen nach Gemälden und Zeichnungen

Bielefeld und Leipzig
Verlag von Velhagen & Klasing
1898

Von diesem Werke ist für Liebhaber und Freunde besonders luxuriös ausgestatteter Bücher außer der vorliegenden Ausgabe

eine numerierte Ausgabe

veranstaltet, von der nur 100 Exemplare auf Extra-Kunstdruckpapier hergestellt sind. Jedes Exemplar ist in der Presse sorgfältig numeriert von 1 — 100, und in einen reichen Ganzlederband gebunden. Der Preis eines solchen Exemplars beträgt 20 M. Ein Nachdruck dieser Ausgabe, auf welche jede Buchhandlung Bestellungen annimmt, wird nicht veranstaltet.

Die Verlagshandlung.

Druck von Fischer & Wittig in Leipzig.

Abb. 1. Bildnis Huberts van Eyck.
Ausschnitt aus dem Flügelbild des Genter Altarwerks.
Berlin. Königl. Gemäldegalerie.

Abb. 2. Bildnis Jans van Eyck.
Ausschnitt aus dem Flügelbild des Genter Altarwerks.
Berlin. Königl. Gemäldegalerie.

Vorbemerkung.

„Für einen großen Leserkreis bestimmte wissenschaftliche Darstellungen sollen Alles ausschließen, was vor dem Forum der Forschung noch nicht endgiltig entschieden ist." — Daß dieser von Schreibern und Lesern gern gehörte, bequeme Grundsatz in der vorliegenden Arbeit nicht durchaus befolgt ist, verlangt eine kurze Rechtfertigung und Erklärung.

Kein Zeitabschnitt der neueren Kunstgeschichte weist so viele schwierige und strittige Fragen auf, wie der hier behandelte. Diese Fragen umgehen oder mit leichtfertigen Vermutungen beantworten, hieße ein falsches Bild von Dem entwerfen, was die Teilnahme aller Kunstfreunde verdient: von dem ehrlichen Ringen nach Erkenntnis, von dem Streben zur Lösung eines der denkwürdigsten Probleme. Wer aus blödem Staunen zu nachdenklichem Kunstgenuß und Verständnis vordringen will, wird jedem Versuch Beachtung schenken, der auch nur einen kleinen Bezirk des dunkeln Forschungsgebietes zu erhellen bemüht ist. Der Einblick in den Irrgarten und die Rüstkammer kunstgeschichtlicher Arbeit entschädigt vielleicht für den Mangel an gefällig gleitender Erzählung. Eine solche zu schreiben, wäre in diesem Falle wissenschaftliche Falschmünzerei gewesen. Hoffentlich reizen die vielen Fragezeichen und offen ausgesprochenen Zweifel weniger zum Widerspruch als zum Nachdenken. Im übrigen halte man sie — wie die cyklischer Kleinkunst angepaßte Ausführlichkeit der Bilderbeschreibungen — dem gewissenhaften Eifer des Verfassers zugute. „Je inniger ein Werk der Kunst mit dem Leben verknüpft ist, um so größere Schwierigkeiten macht es dem Verständnis einer fremden Nachwelt." Das gilt von der Kunst des XV. Jahrhunderts in besonderem Maße, und den zahlreichen Schwierigkeiten, die sich hier bieten, vermag nur eine behutsam eindringende Erläuterung zu begegnen.

Der bereitwilligen Unterstützung, die mir bei Beschaffung von Abbildungsvorlagen, sowie bei der Nachprüfung der Originale von seiten der Verleger, Sammlungsvorstände und zahlreicher Fachgenossen zu teil wurde, sei auch an dieser Stelle mit aufrichtigem Dank gedacht.

Berlin. 1898.

Ludwig Kaemmerer.

Hubert und Jan van Eyck.

Wer immer die Namen der Pfadfinder und Bahnbrecher in der bildenden Kunst aufzählt, nennt auch die Brüder van Eyck. Mit Brunelleschi, dem Erbauer der Domkuppel von Florenz, Donatello, dem Bildner des heiligen Georg an Orsanmichele, und Masaccio, dem Maler der Brancaccikapelle, stehen in erster Reihe die Schöpfer des Genter Altarwerks, um deren Häupter die Legende von der Erfindung der Ölmalerei noch einen besonderen Glorienschein wob. Sie gelten als feste Größen der Kunstgeschichte. Freilich hat diese mit wachsendem Scharfblick und tiefer eindringender Quellenkritik so manches von dem stolzen Bau abgetragen, den urteilslose Begeisterung und nationale Eitelkeit im Laufe von fünf Jahrhunderten als Werk Eyckischer Kunst errichtet; das Fundament aber ihres Ruhmes, der Johannesaltar der Bavokirche zu Gent, ist davon unberührt geblieben. Er bildet auch heute noch die wichtigste Urkunde, aus der die Nachwelt von den Großthaten des malenden Brüderpaares erfährt. Etwa zehn inschriftlich beglaubigte Bilder des jüngeren Jan und wenige Dokumente vervollständigen, was wir an sicheren Thatsachen aus dem Leben und Schaffen der beiden wissen. —

Der Name van Eyck bezeichnet den Geburtsort der Meister: Maeseyck — so wird es heute genannt — ist die Hauptstadt eines Arrondissements in der belgischen Provinz Limburg, nahe der nordöstlichen Grenze des Königreichs gegen Holland an den malerischen Ufern der Maas gelegen. Im XIV. Jahrhundert gehörte es zum Bistum Lüttich, dessen Hauptstadt besonders zu Zeiten des Fürstbischofs Johann von Bayern (1390—1417), eines Großsohns Kaiser Ludwigs des Bayern, zahlreiche Kunstkräfte des Landes anlockte. Auch das weiter stromaufwärts gelegene Maestricht genoß bereits seit langem des Rufes, kunstreiche Meister in seinen Mauern zu bergen; so weiß Wolfram von Eschenbach im Parzival die edle Haltung seines zu Roß sitzenden Helden nicht höher zu rühmen als mit den Versen:

„Von Kölne noch von Mästricht
 Kein schiltaere entwürfe in baz."

(Kein Maler von Köln oder Maestricht hätte ihn schöner darstellen können.) Paul von Limburg nennt sich des kunstsinnigen Herzogs Jean de Berry Hofmaler, von dem die Pariser Nationalbibliothek eine mit zierlichen Randleisten und figürlichen Darstellungen geschmückte Prachthandschrift der „Jüdischen Altertümer" des Flavius Josephus besitzt; auch er stammt aus der Heimat der Eycks; er stand von 1400 bis 1416 im Dienst des französischen Herzogs, gehört also einer wenig älteren Künstlergeneration an.

Die Niederlande sind alter Kulturboden, den glänzendsten Aufschwung aber nahmen Kunst und Handel erst unter der Herrschaft der burgundischen Herzöge aus dem Hause Valois. Philipp der Kühne, ein Sohn Johann des Guten von Frankreich, erwarb durch Vermählung mit der Gräfin Margarete von Flandern im Jahre 1369 die reichgesegneten Niederungen seinem angestammten Besitz zwischen Saone und Seine hinzu, und bald verschob sich der Schwerpunkt des so vergrößerten Reichs nach dem Norden. Hier, in Ostflandern, erhoben sich die Städte Gent und Brügge, die Hauptstapelplätze des gesamten nordeuropäischen Handels, belebt von einer selbstbewußten, unabhängigen und begüterten Bürgerschaft. Sie sollten den Schauplatz abgeben für das Emporblühen der niederländischen Malerei des XV. Jahrhunderts, den Hauptschauplatz auch für das Wirken der Brüder van Eyck. Von Maeseyck, wo Hubert etwa um 1366, Jan um 1390 geboren sein dürfte, flüchteten die beiden wahrscheinlich vor den Unruhen und Greueln des Lütticher Aufstandes (1408) — eines der zahlreichen Anzeichen der Auflehnung des Bürgerstandes gegen die geistliche und weltliche Obrigkeit der Zeit — nach Gent. Hier erst, an den fruchtbaren Ufern der Schelde, in der blühenden Handelsstadt, die an Reichtum, Macht und Luxus es mit jedem Platze der Welt aufnehmen konnte — schon 1389 zählte sie nicht weniger als 90 000 Einwohner —, erhalten wir eine greifbare Vorstellung von ihrer Künstlerschaft. Was und ob sie in ihrer Heimat geschaffen, wissen wir nicht. Unverbürgte Nachrichten aus dem XVI. Jahrhundert nennen Hubert und Jan van Eyck bereits 1410 in Gent ansässig; 1412 soll der ältere Hubert einer Brüderschaft der heiligen Maria im Strahlenglanz beigetreten sein nach der aus dem Mittelalter überkommenen Sitte, die den Anschluß des Einzelnen — sowohl in seinem Beruf als auch in religiöser und gesellschaftlicher Beziehung — an eine Korporation verlangte. Gleich den übrigen Handwerkern hatten sich Maler und Bildhauer jener Zeit zu Zünften vereinigt, deren Satzungen sie dem Auftraggeber gegenüber wie auch ihre wirtschaftlichen Verhältnisse sicherten. Diese Gilden, die meist unter den Schutz des Evangelisten Lukas, des Malerpatrons, gestellt waren, unterschieden ganz nach Art der Handwerksgenossenschaften Lehrlinge, Gesellen und Meister. Nur die letzteren arbeiteten auf eigene Rechnung, und wer in einer Stadt seine Kunst auszuüben sich vermaß, ohne der Lukasgilde beigetreten zu sein, dem wurde dies auf alle mögliche Art erschwert. Er galt als Bönhase und die städtischen Behörden konnten ihm das Handwerk legen. Nun fällt es auf, daß das Zunftregister der Maler von Gent, das — freilich nur in einer Abschrift aus dem XVI. Jahrhundert — bis in das Jahr 1338 zurückreicht, die Namen der Brüder van Eyck nicht nennt. Ein Eintrag aus dem Jahre 1421 gibt dafür die Erklärung: in diesem Jahre, so heißt es hier, starb Frau Michiela, die erste Gemahlin Herzogs Philipp des Guten, der etwa seit 1419 in Gent, der Hauptstadt Ostflanderns, residierte; „um ihren Tod war große Trauer in der Stadt; Hubert und Jan, die sie sehr lieb gehabt, erhielten bei dieser Gelegenheit Zunftfreiheit (vrydomme in schilderen)." Sie durften jetzt also, ohne zur Lukasgilde zu gehören, künstlerische Aufträge von den Bürgern annehmen; vordem scheinen sie lediglich vom Herzog und seiner Gemahlin beschäftigt worden zu sein, wenngleich Jan erst im Jahre 1425 eine förmliche Bestallung als „pointre et varlet de chambre", d. h. als Hofmaler und Kammerherr des Fürsten erhielt. Man hat früher aus der Bezeichnung varlet de chambre, die wörtlich übersetzt allerdings „Kammerdiener" lauten würde, etwas Erniedrigendes herauslesen wollen; wenn wir aber hören, daß diese Beamten neben einem Jahresgehalt von hundert Livres zwei Pferde und einen gallonierten Diener als Entgelt für ihre Dienste erhielten, dürfen wir mit Recht an eine höhere Hofcharge denken. Jan van Eyck hatte dieselbe bereits während der Jahre 1422—1424 bei dem Grafen von Holland, Johann von Bayern, im Haag bekleidet, um dann erst 1425 endgültig in die Dienste Philipps des Guten zu treten.

Während es aber den jüngern Bruder in Gent nicht lange litt — vom Haag übersiedelt er 1425 zunächst an den burgundischen Hof nach Lille und geht 1426 im Auftrag seines neuen Herrn auf Reisen, schließlich Ende der zwanziger Jahre gar nach Portugal —, blieb Hubert dort ansässig und arbeitete fleißig an jenem Werk, das seinen Namen unsterblich machen sollte, dem Johannesaltar der Bavokirche.

Schon im Jahre 1424 hören wir von einem Besuch, den der Rat der Stadt seinem Atelier abstattet, um einige in Arbeit befindliche Werke zu besichtigen. Waren es die Altartafeln für Sankt Bavo? oder ein Bild, das er im Auftrage der Ratsschöppen ausgeführt und für das er nach

Abb. 3. Hubert und Jan van Eyck. Der Genter Altarschrein bei geschlossenen Flügeln.
(Zeichnung von A. Krüger.)

Ausweis der Stadtrechnungen in jenem Jahre Zahlungen erhielt? Wir wissen es nicht, wohl aber dürfen wir annehmen,

Die Kathedrale des heiligen Bavo, — in jener Zeit Johannes dem Täufer geweiht — die stattlichste unter den Kirchen

Abb. 4. Hubert und Jan van Eyck. Der Genter Altar bei geöffneten Flügeln. Kopie des XVII. Jahrhunderts im Museum zu Antwerpen.

daß der Meister damals bereits an ersterem gearbeitet; denn bei seinem zwei Jahre später erfolgten Tode hinterließ er seinem Bruder ein gutes Stück der großen Arbeit, die dieser erst 1432 vollendete.

Gents, ist ein gotischer Sandsteinbau des XIII. Jahrhunderts; erst im XV. Jahrhundert wurde der Chor der Kirche mit einem Kapellenkranz umbaut. Zahlreiche Familien und Genossenschaften hatten den

Abb. 5. Hubert Eyck. Die Anbetung des Lammes. Kopie nach dem Genter Altar.
Berlin. Königl. Gemäldegalerie.

Wunsch, ihren Gottesdienst gelegentlich in einem eigenen Raum, gesondert von dem der Gemeinde, zu verrichten, zugleich sich und ihren Angehörigen einen Begräbnisplatz in der Kirche zu sichern. So stiftete 1420 auch Jodocus Vydts, Herr von Pamelen, ein angesehener und politisch hervorragender Bürger der Stadt, und seine aus dem Patriziergeschlecht der Burluut stammende Gattin Isabella eine Kapelle für ihre Familien, deren Wappenschilder die Glasmalereien der Fenster schmücken. Zum Schmuck des Altars war ein Gemälde ausersehen, das nach Art der damals üblichen Wandelaltäre bewegliche Seitenflügel erhalten sollte und in ungewöhnlich großem Umfang geplant war. Hubert van Eyck erhielt den Auftrag, diese Altartafeln zu malen.

Versuchen wir, vor der Würdigung des Einzelnen und vor dem Bericht über die Schicksale dieses Kunstwerks uns seine ursprüngliche Gestalt und Anordnung zu vergegenwärtigen. Über dem Altartisch erhob sich die niedrige Predella oder Staffel mit dem Bilde des jüngsten Gerichts, die den eigentlichen Schrein, eine feststehende Mitteltafel von zwei Meter Breite und nahezu vier Meter Höhe mit zwei thürenartig beweglichen Flügeln zu jeder Seite trug. Waren diese geschlossen, so erblickte man zwei Bilderreihen übereinander, unten die Gestalten Johannis des Evangelisten und Johannis des Täufers, flankiert von den knieenden Stiftern Jodocus Vydts und seiner Gemahlin Isabella (Abb. 3). Die beiden Heiligenfiguren sind grau in grau (in steinverwe) gemalt, während das Ehepaar in farbiger Tracht sich von dem grauen Hintergrunde abhebt. Über dieser Figurenreihe sah man ebenfalls in neutralen Tönen — nur die Köpfe und die landschaftliche Ferne sind lebhafter gefärbt — die Scene der Verkündigung Mariae gemalt: in einem niedrigen Gemache kniet mit über der Brust gekreuzten Armen Maria in inbrünstigem Gebet, ihr gegenüber aber ist der verkündigende Engel ins Knie gesunken, mit einem blühenden Lilienzweige in der Linken, die Worte der Verheißung auf den Lippen: Gegrüßet seiest Du, Maria! Die Taube des heiligen Geistes schwebt auf das Haupt der künftigen Gottesmutter herab. In den drei halbkreisförmigen Lünetten, die diese Darstellung oben abschließen und deren mittlere sich über die seitlichen etwa ums doppelte erhebt, waren die Halbfiguren zweier Propheten und die hockenden Gestalten zweier Sibyllen gemalt: sie sind die Vorkünder der Wunder des neuen Bundes, die in den Innenbildern des Altarschreins ihre farbenleuchtende feierliche Schilderung finden sollten.

Öffnete man nämlich die Flügel, so that sich in einer oberen Gestaltenreihe, entsprechend der Verkündigungsscene, die Herrlichkeit des Himmels auf, während die untere Abteilung die apokalyptische Scene der Anbetung des Opferlammes darstellt (Abb. 4).

Die überhöhte Mitteltafel des oberen Stockwerks zeigt den thronenden Gottvater, angethan mit dem priesterlichen Ornat, das mit funkelndem Edelgestein besetzt ist, die dreifache päpstliche Krone auf dem majestätischen, doch jugendlichen Haupt, in der Linken das krystallene Scepter der Welt haltend, während er die Rechte segnend erhebt. Vor den Stufen seines Thrones, hinter dem sich ein prächtiger Brokatteppich spannt, ruht das Abzeichen weltlicher Macht, die Königskrone. Um die vom Haupte des Königs der Könige ausgehenden Strahlen zieht sich eine lateinische Inschrift des Inhalts: „Dies ist Gott der Allmächtige, wegen der göttlichen Majestät, der Höchste unter allen, der Allgütige wegen der Güte seiner Gnade, der mildeste Vergelter wegen seiner unermeßlichen Langmut." Den Sockel des Thrones aber schmückt eine andere Inschrift: „Leben ohne Tod im Haupte, Jugend ohne Alter an der Stirn, Freude ohne Trauer zur Rechten, Sicherheit ohne Furcht zur Linken."

Zur Rechten Gottes, ihm zugewandt, sitzt Maria, in einem Gebetbuch lesend; das über die Schultern herabwallende Lockenhaar schmückt ein Kronreif, der tiefblaue Mantel ist mit köstlichen Perlen und Steinen besetzt. „Heller leuchtet sie als die Sonne, über alle Bahnen der Gestirne hinaus, denn sie ist ein Spiegel des ewigen Lichtes Gottes ohne Flecken" preist die Umschrift ihres Strahlennimbus.

Zur Linken Gottvaters erblicken wir Johannes den Täufer, den Prediger der Wüste; auf seinen Knieen ruht ein Buch,

in dem er blättert. Über
das härene Gewand breitet
sich ein dunkelgrüner
Mantel mit Perlen= und
Juwelenbesatz, die erhobene
Rechte deutet auf
Gottvater, während der
von buschigem Bart beschattete
Mund sich leise
zum Sprechen öffnet.

Überreiches Lockenhaar
umwallt das mildernste
Antlitz des Täufers;
auch diese Gestalt
wird dem Beschauer durch
eine metrische Inschrift,
die sich um sein Strahlenhaupt
zieht, erläutert:
„Dies ist der Täufer Johannes,
gewaltiger als
ein Mensch, gleich den
Engeln, der Inbegriff
des neuen Gesetzes, die
Erfüllung des Evangeliums,
die Stimme der
Apostel, welche die Propheten
verstummen läßt,
die Leuchte der Welt, der
Kündiger des Herrn!"

Zu beiden Seiten
dieser himmlischen Dreiheit
stimmen musizierende
Engel ein Loblied zum
Preise des Höchsten an.
Links, an reichgeschnitztem
Notenpult, ein Chor
von acht halbwüchsigen
Engelsgestalten in langen
Meßgewändern aus
golddurchwirktem Brokat;
mit leise erhobener Hand
gibt einer den Takt an,
während die übrigen mit
inbrünstigem Eifer den
Dankgesang erschallen lassen.
Rechts, neben Johannes
dem Täufer, hat
sich ein Engel vor einer
Hausorgel niedergelassen;
er scheint völlig versunken
in den Klang der Töne,
die seine Hand den Tasten
des Instrumentes entlockt.
Mehr im Hinter-

Abb. 6. Michael Coxcie. Gottvater. Kopie nach dem Genter Altar.
Berlin. Königl. Gemäldegalerie.

Abb. 7. Michael Coxcie. Maria. Kopie nach dem Genter Altar. München. Alte Pinakothek.

grund, von den Orgelpfeifen halbverdeckt, andere Engel mit Harfe und Kniegeige, ängstlich mit den Fingern die Pausen zählend, die ihren Instrumenten zur Zeit Schweigen auferlegen. „Sie preisen den Herrn mit Saiten= und Orgelspiel" wie eine lateinische Aufschrift des alten Rahmens erklärt.

Die äußersten schmalen Flügel der oberen Reihe schließlich zeigen uns das erste Elternpaar, durch das die Sünde in die Welt kam: links Adam; über seinem Haupte, in Grisaille gemalt, das Opfer Kains und Abels, rechts die Mutter des Menschengeschlechts, in der Rechten den Apfel vom Baum der Erkenntnis haltend; darüber, wiederum in Steinfarbe, der Brudermord Kains, der früheste Beleg des Dogmas von der Erbsünde. Von ihr die Welt zu erlösen, kam Gottes Sohn zu den Menschen; sein Herzblut vergoß er am Kreuz, an das sie ihn schlugen. Die Verherrlichung dieser Heilslehre des neuen Bundes bildet den Gegenstand des unteren Bildteiles, dessen Gestalten, mit denen wir vom Himmel zur Erde herabsteigen, in erheblich kleinerem Maßstabe gehalten sind. Die untere Bildhälfte gliedert sich in fünf Tafeln, während die obere deren im ganzen sieben aufwies. Den drei Mitteltafeln des oberen Stockwerkes entspricht das mittlere Breitbild mit der Anbetung des Lammes nach der Beschreibung Johannis des Evangelisten im siebenten Kapitel seiner Offenbarung: „Darnach sahe ich, und siehe, eine große Schar, welche niemand zählen konnte, aus allen Heiden, und Völkern, und Sprachen, vor dem Stuhle stehend, und vor dem Lamm, angethan mit weißen Kleidern, und Palmen in ihren Händen, schrieen mit großer Stimme und sprachen: Heil sei dem, der auf dem Stuhl sitzt, unserem Gott, und dem Lamm. Und alle Engel standen um den Stuhl, und um die Ältesten, und um die vier Tiere, und fielen vor dem Stuhl

auf ihr Angesicht, und beteten Gott
an, und sprachen: Amen, Lob und
Ehre, und Weisheit und Dank,
und Preis, und Kraft, und Stärke
sei unserem Gott, von Ewigkeit
zu Ewigkeit. Amen. Und es ant=
wortete der Ältesten einer und
sprach zu mir: Wer sind diese mit
weißen Kleidern angethan? Und
woher sind sie gekommen? Und
ich sprach zu ihm: Herr, du weißt
es. Und er sprach zu mir: Diese
sind es, die gekommen sind aus
großer Trübsal und haben ihre
Kleider gewaschen und haben ihre
Kleider helle gemacht im Blut des
Lammes.... Sie wird nicht
mehr hungern noch dürsten; es
wird auch nicht auf sie fallen die
Sonne oder irgend eine Hitze.
Denn das Lamm mitten im Stuhl
wird sie weiden und leiten zu
den lebendigen Wasser=
brunnen, und Gott wird ab=
wischen alle Thränen von ihren
Augen."

Diese Schilderung des Evan=
gelisten, dessen geheimnisvolle Ge=
sichte vom Ende der Dinge die
Einbildungskraft und das Gemüt
der Gläubigen im späteren Mittel=
alter besonders lebhaft bewegten,
hat der Maler des Genter Altars
in freier Weise benutzt: Inmitten
einer blumigen Wiese, die von nied=
rigem Buschwerk umrahmt wird —
den hohen Horizont schließen in
blauer Ferne Berge und reiche
gotische Bauten ab — steht der
Altartisch mit dem Lamm Gottes,
dessen Herzblut in einen goldenen
Kelch fließt; Engel, die Leidens=
werkzeuge des Heilands haltend
und kostbare Rauchfässer schwin=
gend, knieen im Kreise umher.
Die Strahlen des Heiligen Geistes,
dessen Sinnbild, die Taube — ein
Bote Gottvaters — vom Himmel
herabschwebt, verklären die feier=
liche Gruppe, hinter der sich der
Horizont etwas senkt und den Blick
hinauslockt in die Weite und das
von krausen Wölkchen belebte tief=
leuchtende Himmelsblau. Rechts

Abb. 8. Michael Coxcie. Johannes der Täufer.
Kopie nach dem Genter Altar. München. Alte Pinakothek.

im Mittelgrunde tritt aus dem Buschwerk die Schar der weiblichen Märtyrer mit Palmenzweigen und Abzeichen hervor, in gemessener Entfernung vom Allerheiligsten den Schritt hemmend; von links nahen die männlichen Heiligen in langen Priestergewändern, auch sie mit den Palmenzweigen ihres Martertums in Händen. Im Vordergrunde des Bildes aber spendet der Brunnen des lebenden Wassers seine krystallene Labung der heilsdurstigen Menschheit. Sie teilt sich in Männer des neuen Bundes, Päpste, Bischöfe und Priester, die von rechts heranschreiten; an ihrer Spitze knieen die zwölf Sendboten Christi in heißem Gebet vor dem Quell des Lebens, der aus der Brunnenschale über die blumige Au rieselt. Links aber vom Brunnen sind die Propheten ins Knie gesunken, phantastisch gekleidet, in erhobenen Händen die Bücher der Weissagung; an sie schließt sich die bunte Schar der Patriarchen und Heiden.

Diese reiche Komposition des mittleren Breitbildes, deren feierlicher Frieden jene sänftigende Sonntagsstimmung weckt, wie sie den Menschen unter dem Blau des Himmels in jungfräulicher Natur weit eher als zwischen dumpfen Kirchenmauern überkommt, setzt sich auf dem doppelten Flügelpaar vielgestaltig fort. Da wallen von rechts die Einsiedler und Pilger herbei aus dem Felsgeklüft einer südländisch üppigen Landschaft, während von links ebenfalls durch eine Felsschlucht der hochgemute Reiterzug der Richter und der Streiter Christi in modischer Tracht auf pomphaft geschirrten Rossen naht.

* * *

Wie ein vielchöriges Tedeum wirkt die in satten, heiteren Farben leuchtende Gestaltenwelt des Genter Altarwerkes auf uns. Ernste Askese liegt über den schlichten Außenseiten des geschlossenen Schreins; ernst mahnt auch die Darstellung des Jüngsten Gerichts auf der Staffel. Aber wenn am hohen Feiertage die Flügel sich aufthaten und dem staunenden Blick ihren strahlenden Innenschmuck enthüllten, dann schwanden die dunklen Wölbungen der Kapelle, reich bewegte Orgelklänge ertönten, und wie schäumende Gotteslust zog es in die Gemüter der Gläubigen, die ihr Knie beugten vor der beglückenden Offenbarung ewiger Liebe und Gottesmacht. —

Gern glauben wir van Mander, daß an solchen Tagen ein gewaltiges Gedränge in der Kapelle sich erhub von Besuchern, die das Wunderwerk bestaunten: „Da sah man Maler, jung und alt und alle Kunstfreunde herumschwärmen, wie im Sommer die Bienen und Fliegen in Schwärmen um die Feigen- und Traubenkörbe sich tummeln." Gegenüber dem Bild hatte man am Anfang des XVII. Jahrhunderts ein langatmiges, von Lob und Bewunderung überfließendes Gedicht des Genter Malers Lucas de Heere angeheftet, das uns auch Bericht gibt über die älteren Schicksale des Altarwerkes. Mehr als hundert Jahre hatte es überdauert, da entschloß sich 1550 die Geistlichkeit der Kirche, eine Ausbesserung durch den Maler Lancelot Blondel aus Brügge und Jan Schorel von Utrecht vornehmen zu lassen, obwohl man bei einer früheren Reinigung schlimme Erfahrungen gemacht hatte: war doch ihr die in Temperafarben gemalte Darstellung der Hölle auf der Altarstaffel zum Opfer gefallen. Schorel indes entledigte sich seiner Aufgabe mit solchem Geschick, daß die Chorherren ihm über den bedungenen Lohn hinaus noch einen silbernen Pokal verehrten.

Philipp II. von Spanien trug großes Verlangen, das ganze Altarwerk nach Spanien zu entführen; als er aber auf energischen Widerstand stieß, begnügte er sich damit, 1558 eine Kopie von Michael van Coxcie aus Mecheln anfertigen zu lassen. Diese Kopie, die ursprünglich auf das Schloß des Königs nach Valladolid wanderte, dann in einer Kapelle des alten Palastes in Madrid aufbewahrt wurde, bildet heute in ihren einzelnen Teilen in Berlin und Gent die Ergänzung der Originale (Abb. 5 u. 6); zwei der Tafeln gelangten 1820 in den Besitz des Königs von Bayern und befinden sich in der Alten Pinakothek in München (Abb. 7 u. 8).

Die Berliner Stücke: das untere Mittelbild und der thronende Gottvater, sowie die Münchener Tafeln: Maria und Jo-

Abb. 5. Hubert und Jan van Eyck. Die Anbetung des Lammes.
Kopie des XVII. Jahrhunderts nach dem Genter Altar im Museum zu Antwerpen.

Abb. 10. Jan van Eyck. Jodocus Vydts.
Flügelbilder des Genter Altars. Berlin. Königl. Gemäldegalerie.
(Nach Originalphotographieen von Franz Hanfstängl in München.)

Abb. 11. Jan van Eyck. Johannes der Täufer.

hannes geben eine günstige Vorstellung von dem Können des Kopisten.[1]

Daß die Originale in Gent nicht gut geschützt waren, sollte sich bald zeigen. Zwar flüchtete man sie zur Zeit der Bilderstürmerei 1566 in die neue Citadelle der Stadt und bewahrte sie so vor Zerstörung, die die übrigen Kirchen vieler Schätze beraubte, aber obwohl man sich im Jahre darauf wieder in die Kirche damit wagte, waren die von calvinistischen Bilderfeinden drohenden Gefahren noch nicht völlig gebannt. Wahrscheinlich im Jahre 1578 nämlich wurde beschlossen, die Tafeln aufs Rathaus zu bringen, in der Absicht, sie der Königin Elisabeth von England als Dank dafür zu verehren, daß sie den Genter Calvinisten ihre Unterstützung geliehen. Nur dem inständigen Bitten eines Nachkommen der Stifterfamilie gelang es, das Werk für Gent zu retten. Es blieb

[1] Eine Kopie der drei oberen Figuren (Halbfiguren), wahrscheinlich von Mabuse, befand sich zu Zeiten Philipps II. ebenfalls im Escurial (jetzt im Prado zu Madrid). Eine noch spätere Kopie aller Innentafeln (aus dem XVII. Jahrhundert. S. Abb. 3 u. 8) sah man früher im Stadthause zu Gent, bis sie auf Umwegen des Kunsthandels über England in das Antwerpener Museum gelangte. Schließlich sei noch eine Aquarellkopie des ganzen Altars aus unserem Jahrhundert im Besitz des Prof. Sepp in München erwähnt.

Abb. 12. Jan van Eyck. Johannes der Evangelist. Abb. 13. Jan van Eyck. Isabella Bydts.
Flügelbilder des Genter Altars. Berlin. Königl. Gemäldegalerie.
(Nach Originalphotographieen von Franz Hanfstängl in München.)

jedoch im Rathause, bis nach Einnahme der Stadt durch die Spanier 1584 der Maler Frans Horebant damit betraut wurde, es auf seinen ursprünglichen Platz zurückzustellen. Hier sahen es also wiederum Lucas de Heere und Carel von Mander am Anfang des XVII. Jahrhunderts.

Ein Brand des Kirchendachs im Juni 1641 zwang zu abermaliger schleuniger Bergung an sicherem Ort. Bei all diesen Gelegenheiten wird in den Urkunden immer nur von der „tafel van Adam ende Eva" gesprochen, so auch, als der Maler Antonis van den Huvel 1663 Auftrag erhielt, die „schildereye van Adam en Eva" zu restaurieren. Sicherlich handelte es sich aber um das ganze Altarwerk, das nach so vielen Wirren nun endlich für ein Jahrhundert Ruhe haben sollte an der Stelle, für die es geschaffen. Als dann 1781 Kaiser Joseph II. die Kirche von St. Bavo besuchte, soll er an den unbekleideten Gestalten des Adam und der Eva Anstoß genommen haben, die auf seinen Wunsch den Blicken der Kirchenbesucher entzogen wurden.

Die Beutelust der siegreichen republikanischen Armee Frankreichs raubte im letzten Jahrzehnt des vorigen Jahrhunderts bekanntlich den meisten okkupierten Ländern ihre wertvollsten Kunstschätze. Es wäre verwunderlich gewesen, wenn man in Belgien

Abb. 11. Jan van Eyck. Jodocus Vydts. Vergrößertes Fragment von Abb. 10.
(Nach einer Originalphotographie von Braun, Clément & Cie. in Dornach i. E. und Paris.)

nicht zuerst an den Genter Altar gedacht hätte. So wanderten denn 1794 die Mittelbilder nach Paris, wo sie 1799 in der Ausstellung des Louvre als Hauptstück in der großen Menge erbeuteter Kunstwerke glänzten. Glücklich, wenigstens die Flügel gerettet zu haben, brachten die Genter diese in Sicherheit und gaben sie auch nicht heraus, als der Generaldirektor der Pariser Museen, Denon, Gemälde von Rubens der Kirche zum Tausch bot. Erst nach dem Sturz des französischen Kaiserreichs kehrten die Mittelbilder in ihre Heimat zurück und wurden 1816 unter der ausdrücklichen

Abb. 15. Jan van Eyck. Isabella Bydts. Vergrößertes Fragment von Abb. 12.
(Nach einer Originalphotographie von Braun, Clément & Cie. in Dornach i. E. und Paris.)

Bedingung, daß sie niemals ohne Einwilligung der Regierung veräußert werden dürften, in der Bydtskapelle wieder aufgestellt. Die Flügel indes, die man angeblich aus Fürsorge bald nach 1794 in Gewahrsam gebracht hatte, wurden bald darauf für den lächerlich billigen Preis von 3000 Florins dem belgischen Gemäldehändler Nieuwenhuys verkauft, der sie an den bekannten Berliner Kunstsammler Solly für 100 000 Francs weiterverkaufte, mit dessen reicher Sammlung sie schließlich 1821 in die Berliner Museen gelangten, um hier Ruhe zu finden.

Abb. 16. Jan van Eyck. Der Engel der Verkündigung.
Flügelbild des Genter Altars. Berlin. Königl. Gemäldegalerie.
(Nach einer Originalphotographie von Franz Hanfstängl in München.)

benen Teile erlitten 1822 noch Schaden durch einen Brand: das Mittelbild zerbrach in zwei Teile, als man es hastig vor dem Feuer zu bergen versuchte, und nur mit Mühe wurde eine Ausbesserung der vielfachen Schäden durchgesetzt, da die Kirchenverwaltung sich anfangs durchaus unzugänglich für die Vorstellungen besorgter Kunstfreunde erwies. So wenig wußte man das kostbare Gut zu schätzen, das man in seinen Mauern barg, daß erst ein Eingriff der Regierung Abhilfe schaffte. Die Flügel mit Adam und Eva blieben nach wie vor in ihrem Versteck, in das sie angeblich die Prüderie Joseph II. verbannt hatte. Auch sie sollten schließlich 1860 in ein Staatsmuseum nach Brüssel wandern; als Ersatz stiftete die Regierung zur Ergänzung des Altarwerkes sechs der Flügelkopieen von Coxcie und zwei moderne Nachbildungen nach den von ihr angekauften Außenflügeln in die Kapelle. In immer kürzeren Abständen hören wir seitdem von notwendig gewordenen Ausbesserungen der Tafeln in Gent, die unter der wechselnden Temperatur im ungeheizten Kirchenraum begreiflicherweise stark litten.

Auch die Berliner Flügel haben in jüngster Zeit noch eine gefährliche Operation überstehen müssen. Sie wurden bei Umstellung der Galerie im Jahre 1895 auseinander gesägt, derart, daß Vorder- und Rückseiten an einer Wand nebeneinander aufgehängt werden konnten.

Wir haben die schier einem Martyrium gleichenden Schicksale dieses in der Welt einzig dastehenden Kunstwerkes ausführlicher verfolgt, weil sie

So war das Genter Werk für immer verstümmelt. Aber auch die zurückgeblie-

ein lehrreiches Beispiel geben für die noch immer nicht ganz ausgerottete Leichtfertigkeit und Gleichgiltigkeit in Sachen der Erhaltung unersetzlicher Denkmäler der Kunstgeschichte. — Und um ein solches handelt es sich bei dem Genter Altar.

Von mittelalterlichen Glaubenssatzungen in allen Einzelheiten, wie im Aufbau des Ganzen eingegeben, eine Schöpfung rein mittelalterlichen Geistes, auch unter äußeren Bedingungen entstanden, die uns heute fremd und unkünstlerisch dünken, ist dies Werk dennoch zeitlos; wir bewundern in ihm die einzige Bekundung höchster Kunstkraft und Weihe, einen leuchtenden Wegweiser zu den letzten Zielen malerischen Strebens.

Welcher Platz aber gebührt ihm in der Entwickelungsgeschichte der Kunst? Die Malerei des Mittelalters stand fast ausschließlich im Dienst der Kirche als Erziehungsmittel des Volks in religiösen Dingen. Zeitweilig hatte die Erwägung, ob künstlerischer Schmuck, ob Darstellung der heiligen Vorgänge nicht die Gläubigen zum Götzendienst verleite, sogar ihre Existenz bedroht; denn andere als kirchliche Aufgaben hatte sie kaum gefunden. Die Malerei — mehr wußten auch die bilderfreundlichen Kirchenfürsten nicht zu ihrer Verteidigung geltend zu machen — sollte eine Bilderschrift sein, aus welcher die Armen im Geiste Belehrung in heiligen Dingen schöpfen konnten. Nur wenig lockerten sich diese engen Fesseln in der Zeit des gotischen Stils. Die Buchmalerei, die die Handschriften mit ihren Miniaturen verzierte und gewissermaßen in beschränkter Oeffentlichkeit sich entwickelte, erhielt zuerst etwas freiere Bahn, während die Wandmalerei streng an die Vorschriften der Kirche ge=

Abb. 17. Jan van Eyck. Maria betend.
Flügelbild des Genter Altars. Berlin. Königl. Gemäldegalerie.
(Nach einer Originalphotographie von Franz Hanfstängl in München.)

bunden blieb und auch durch die Baukunst und ihre Dispositionen an freier Stilentfaltung gehindert ward. Die Tafelmalerei schließlich nahm ihren Ausgang verhältnismäßig spät von der halb kunstgewerblichen Schmückung des Kirchengeräts, insbesondere des Altars.

Die zunehmende Verweltlichung des künstlerischen Berufs, der sich im späteren Mittelalter in die zünftige Organisation der übrigen Handwerke einreihte, änderte daran nicht viel, wenngleich sie dazu beitrug, das Standesbewußtsein der Kunstübenden zu heben. Frei in dem Sinne, wie wir die künstlerische Freiheit meinen, waren die Maler dadurch nicht geworden, vielmehr stand die von der Zunft streng gewahrte Überlieferung noch immer zwischen dem Schaffenden und der Natur. Frei in diesem Sinne waren auch die Eycks nicht, als sie ihren Genter Altar schufen; auch rüttelten sie nicht mit der leidenschaftlichen Wucht, wie etwa ihr Zeitgenosse Donatello in Florenz, an den Kerkerstäben, die sie von der Natur trennten. Nicht mit den frisch geschliffenen Waffen wissenschaftlicher Erkenntnis wie in Italien betrat der Maler im Norden den Kampfplatz, auf dem es nach neuen Preisen zu ringen galt: kein Glanz fiel hier aus dem Studierzimmer des Gelehrten in die Werkstatt des Künstlers. Wohl berichtet ein italienischer Humanist des XV. Jahrhunderts, Bartolomeus Facius, dem wir die frühesten Nachrichten über Jan van Eyck verdanken, daß dieser, in den Wissenschaften und besonders der Geometrie erfahren, seine Neuerungen auf dem Gebiete der Ölfarbenbereitung der Lektüre des Plinius und anderer antiker Schriftsteller zu danken habe, indes überträgt er dabei offenbar willkürlich und urteilslos italienische Vorstellungen auf nordische Verhältnisse, während der Aufbau der Landschaft in der Anbetung des Lammes deutlich verrät, daß den Eycks eine wissenschaftliche Kenntnis der Kunstgesetze noch mangelt.

Nur tastende Versuche nehmen wir auch bei der perspektivischen Verjüngung des Innenraumes der Verkündigung wahr. Zeigt sich doch der Raumsinn des Malers hier noch so befangen, daß er Figuren in einem Gemach knieen läßt, die aufrecht in demselben überhaupt nicht stehen könnten. Und doch empfindet man solche Unzulänglichkeiten, diesen Mangel gesetzmäßigen Zusammenhangs kaum neben der verblüffenden Naturwahrheit des Einzelnen, in der die Eyckischen Gemälde auf Jahrhunderte hinaus unübertroffen bleiben sollten. Wie viel mehr mußten die Zeitgenossen überrascht staunen vor dem gewaltigen Fortschritt, der hier sich ihnen kundthat! Bisher war ihr Auge gewöhnt, lahme und hilflose Versuche, der Wirklichkeit sich im Bilde zu nähern, als das letzterreichbare Ziel aller Kunst anzusehen. Jetzt schien die Natur mit einem Schlage in all ihren Feinheiten dem Künstlerblick erschlossen, besiegt von der Fähigkeit des Nachbildenden. Der Bedeutung des Genter Altarwerks freilich würde nicht gerecht werden, wer den hier zu Tage tretenden Naturalismus als einzigen Maßstab des Wertes anlegte. Für den an altüberlieferter Einfalt festhaltenden Beschauer mochte er vielleicht sogar zuerst etwas Verletzendes haben, wenn anders man überhaupt ästhetische Anforderungen an Kunstwerke in jener Zeit bewußt gestellt hätte. Auch die Altgläubigen kamen in der Vydtskapelle der Genter Kathedrale zu ihrem Recht. Kein Meister der älteren Generation hätte feierlicher, überzeugter die Wunder des Himmels zu schildern vermocht, als Hubert van Eyck. Nur ein tief religiöses Gefühl konnte dem Maler die ganze Komposition eingeben, nur frommer Kirchenglaube die thronende Gestalt Gottvaters in so unnahbarer Majestät, die knieende Maria in solcher Inbrunst und Demut schaffen.

Die Steinbilder der beiden Johannes (Abb. 11 u. 12) würden am Portal einer spätgotischen Kathedrale wohl durch die Kraft des Ausdrucks, nicht aber als Künder einer neuen Kunstauffassung auffallen. Hatte doch schon gegen Ende des XIV. Jahrhunderts Claes Sluter am Grabmal Philipps des Kühnen und am Mosesbrunnen von Dijon ähnliche mannhafte Gestalten in Stein aufgestellt. Aber gerade hier, bei den gemalten Statuen des Altars setzt das Neue, Epochemachende der Eyckischen Kunst ein: das Streben nach malerischer Illusion. Rundwirkung sollten diese Flächenbilder haben; der Hintergrund, von dem sie sich abheben, erscheint als vertiefte Nische, die in der Rückwand noch eine apsidenartige Höhlung hat, dem Sockel, auf dem sie stehen, scheinen die Inschriften wirklich eingemeißelt, die Behandlung des

Gewandes und des Haares ahmt absichtlich die Härte und Gebundenheit des Meißelhiebes nach, das Licht spielt in die Falten und Vertiefungen des Gewandes hinein, die Schatten mit Reflexlichtern aufhellend und belebend; kurz, der Beschauer soll glauben, er habe wirkliche Sandsteingebilde vor sich. Das war das Ziel, das war der Triumph der neuen Kunst.

Wenn er so gegenständliche Echtheit anstrebte bei der Wiedergabe toten Gesteins, wie viel mehr mußte den Maler die lebende Natur, der atmende Mensch reizen, mit all jenen kleinen Zufälligkeiten, die der Augenblick erzeugt, mit dem Spiel der Mienen, dem Schimmer des Auges, dem Ausdruck der Handbewegung! Wir suchen danach bei den Stifterbildnissen des Jodocus Vydts und seiner Gattin — vergebens! (Abb. 10 u. 13). Reichte die Kraft des Meisters dazu nicht aus, oder verzichtete er zu gunsten einer gewollt monumentalen Wirkung auf die bewegliche Schilderung des Innenlebens, jedenfalls begegnet uns in den Köpfen der beiden wenig oder gar nichts von dem, was wir Stimmung oder Seelenausdruck nennen. Auch hier begnügt sich der Künstler mit gegenständlicher Wahrhaftigkeit. Die wenigen Härchen auf dem kurzgeschorenen Kopf des Mannes sind mit größter Treue gemalt, keine Runzel, kein Fältchen,

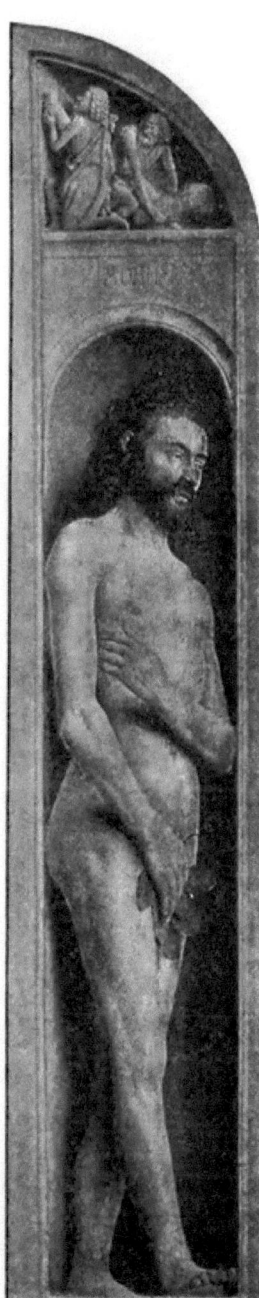

Abb. 18. Jan van Eyck.
Adam. Flügelbild des Genter Altars.
Brüssel. Königl. Museum.

Abb. 19. Jan van Eyck.
Eva. Flügelbild des Genter Altars.
Brüssel. Königl. Museum.

Abb. 20. Jan van Eyck. Musizierende Engel.
Flügelbild des Genter Altars. Berlin. Königl. Gemäldegalerie.
(Nach einer Originalphotographie von Franz Hanfstängl in München.)

keine Warze, kein Äderlein ist dem Späherblick des Malenden entgangen, die individuelle Form des Ohres ist in der ganzen Unschönheit ihrer krausen Linien wiedergegeben, die Wimperlosigkeit der Augenlider, die schlaffen Säcke unter den Augen, die Sprödigkeit der gekniffenen blutleeren Lippen — keine Lupe würde Zutaten oder Abweichungen aufdecken können. Ebenso wichtig wie diese Einzelheiten des Kopfes ist dem Maler die braune Pelzfütterung des roten Rocks, der schwarzlederne Gurt mit seiner Silberschnalle, die Hängetasche mit ihren roten Schnürchen; nichts dagegen verrät uns der blöde Blick der grauen Augen von den Empfindungen und Gedanken hinter der gerunzelten Stirn (Abb. 10 u. 14). Auch die Gattin des Stifters (Abb. 13 u. 15) sieht wie gebannt zum Standbilde des Evangelisten herüber; viel mehr als an den starren und unschönen Zügen ihres fast männlich herben Antlitzes erfreuen wir uns an der Wiedergabe der zarten, gestickten Tüllhaube, die ihr Haar fast ganz bedeckt und über die noch ein weißlinnenes Kopftuch gebreitet ist, an der stofflichen Akkuratesse, die den weiten grünen Ärmelaufschlägen des Kleides den Schein wirklicher, etwas zerknitterter Seide verleiht, an dem delikaten Lichtspiel auf der halbbeschatteten rechten Gesichtshälfte.

Eben diese Meisterschaft der Lichtführung bildet auch einen Hauptreiz des Verkündigungsbildes (Abb. 16 u. 17). Kühler Dämmerschein eines von schmalen Fenstern erleuchteten, grau getünchten Innenraumes umspielt die ganze Scene. Von rechts fällt durch ein kleines Rundbogenfenster Licht über die Gestalt der auf grauem Fliesenestrich knieenden Maria, dringt hinein in die Nische mit Büchern und blinkendem Hausgerät neben dem seidebehangenen Betpult, auf dem ein Brevier aufgeschlagen liegt, und verklärt das Antlitz der Jungfrau. Aber auch die Rückwand des mit niedriger brauner Balkendecke geschlossenen Gemachs ist in Rundbogenarkaden durchbrochen, die freilich nicht direkt ins Freie, sondern auf einen söllerartigen gewölbten Vorraum sich öffnen; erst durch dessen Fenster blickt man in die Straßen einer Stadt, deren Häuser lange Schatten werfen. Damit ist die Vesperstunde als Zeitpunkt der Verkündigung angedeutet und das anheimelnde Zwielicht motiviert.

Keines anderen Meisters Schöpfung lockt so wie diese, allen kleinen Einzelheiten bis in die tiefsten Winkel nachzuspüren; hier gerade nistet die Intimität, hier thun die Wunder Eyckischer Kunst dem Auge sich auf. Hat man doch lange darum gestritten, ob der Ausblick aus den Fenstern des Vorgemachs nicht eine Straße der Stadt Gent zeige; so persönlich, so individuell mutet jedes kleinste Teilchen des Hintergrundes an. Auf dem Fenstersims des Erkers steht eine Flasche mit Wasser, in dem sich die tief stehende Sonne spiegelt, unter einem gotischen Wandtabernakel hängt an zierlicher Kette ein blinkender Kupferkessel über dem Waschbecken, zur Seite ein schneeweißes Linnentuch. All diese werktäglichen Nebensachen, die dem sonst ziemlich kahlen Raum Wärme und Behagen leihen, rücken den Vorgang in nächste Nähe des Beschauers. Nicht mehr in einer gleichgiltigen, zeit- und ortlosen Umgebung, nicht in einer knapp angedeuteten Architektur, wie sie noch Melchior Bröderlam in seinen Altarflügeln des Museums zu Dijon malte, vollzieht sich die Verkündigung; der Engel ist hinabgestiegen in ein Genter Patrizierhaus, die greifbare Wahrheit alles Beiwerks läßt das Wunder noch wunderbarer erscheinen, und die Feierlich-

Abb. 21. Jan van Eyck. Musizierende Engel.
Flügelbild des Genter Altars. Berlin. Königl. Gemäldegalerie.
(Nach einer Originalphotographie von Franz Hanfstängl in München.)

keit der Stimmung erhält einen wärmeren Gemütston: leise hallen die Worte der

Verkündigung von den kindlichen, halbgeöffneten Lippen des in Demut niederknieenden Himmelsboten durch den Raum, und im blassen Azur des Abendhimmels, der in die schlichte Kemenate hineinstrahlt, zwitschern die Stimmen der Vögel.

Als unsichtbare Zuschauer des Wunders blicken die Gestalten der **Propheten** und **Sibyllen** aus den Lunetten, die gemauerten Nischen gleichen, herab: Zacharias, ein graubärtiger Greis, in blauer Sammetmütze und hermelingefüttertem, grünem Mantel über dem hellrosa Unterkleid, erregt auf die Stelle seines Buches weisend, in der er den Einzug des himmlischen Königs geweissagt: „Aber du Tochter Zion freue dich sehr, jauchze, siehe dein König kommt zu dir". Micha aber hat seinen Folianten zugeklappt und ein Buchzeichen eingelegt an der Stelle, die seine Prophezeiung enthält: „Aus dir soll mir der kommen, der in Israel Herr sei", und senkt nachdenklich unter gerunzelter Stirn den Blick seines von zottigem Haupt- und Barthaar umwallten Antlitzes hinab auf die reine Magd Gottes. Auch die beiden knieenden Gestalten der erythräischen und cumäischen Sibylle sind kräftig individualisiert: die erste in selbstbewußter Haltung nach rechts gelehrt, während die zweite, die Nachbarin des Propheten Micha, gleich diesem demütig sich vor der Erfüllung ihres Wahrspruches beugt.

Sibyllen und Propheten bildeten die Chorführer des Prologs bei den geistlichen Schauspielen des Mittelalters, deren Vorbild man richtig in den Aufbau des Genter Altarwerks erkannt hat. An der Spitze der Propheten traten nicht selten auch Adam und Eva auf bei diesen Mysterien, denen die bildende Kunst mannigfache Anregung verdankt. **Adam und Eva** flankieren daher auch — nahezu in Lebensgröße — das obere Stockwerk des Altarinnern (Abb. 18 u. 19). Zwei neue Großthaten des jäh erwachten Naturalismus. Der unbekleidete menschliche Leib fehlte zwar nicht in dem Vorrat künstlerischer Typen des Mittelalters — gerade der Darstellung des ersten Elternpaares konnte auch die kirchliche Kunst nicht aus dem Wege gehen — aber man hatte sich bisher eben mit Typen, mit allgemeinen Formen begnügt. Hier setzte die neue Bestrebung ein: das Studium, wenn auch nicht das wissenschaftlich-anatomische, so doch das malerisch zergliedernde der menschlichen Gestalt mußte jedem Versuch, ein wirkliches Abbild des Lebens zu schaffen, vorausgehen. Und Jan van Eyck — denn diesem werden wir die Darstellung des Adam und der Eva zuschreiben müssen — stürzte sich auf dieses Problem mit der ganzen Ungeduld eines Neuerers, der keine Schranken für seinen Wissens- und Darstellungstrieb kennt. Er suchte Modelle für seine Eltern des Menschengeschlechts — ein damals mühevolles Beginnen — aber ohne lange Wahl, ohne Zaudern machte er sich daran, das, was er gefunden, mit der Gewissenhaftigkeit eines scharfblickenden Berichterstatters in Farben und Formen zu übersetzen. Auch hier begegnet uns wieder jene wörtliche Wiedergabe aller dem Auge wahrnehmbaren Äußerlichkeiten, Hautfältchen und Haare an den Achselhöhlen und Schenkeln, struppiges Haar, genaue Muskelzeichnung, häßlich gebildete Fußform, Abtönung der Hautfarbe und die befangene Haltung eines entkleideten Kleiderträgers, alles mit bildnisartiger Lebendigkeit festgehalten — und dennoch ohne tieferen seelischen Ausdruck. Das Neue der augenblicklichen Aufgabe machte den Maler blind für die feineren Regungen der Reue und Scham, die für uns nun einmal mit der Vorstellung des Sündenfalls verknüpft sind. Denn daß er den Augenblick nach dem Genuß der verbotenen Frucht darstellen wollte, zeigt die schamverhüllende Handbewegung der beiden, obwohl Eva noch den Apfel — oder vielmehr eine Citrone — in der Rechten hält. Ähnlich den beiden Stiftern behalten auch diese Figuren für den Blick des modernen Beschauers etwas Starres, Statuenhaftes. Trotzdem begreift sich leicht, daß das Ungewohnte des kecken Versuchs die Zeitgenossen am meisten verblüffte; nannte man doch die ganze Kapelle, wie van Mander berichtet, nach ihnen die Adam und Eva-Kapelle. Über den Bildern der ersten Menschen sehen wir in knapper, dramatischer Komposition, gleich Flachreliefs, die die steinernen Nischen bekrönen, das Opfer Kains und den Brudermord, Scenen, die ebenfalls in den geistlichen Schauspielen sich unmittelbar an das Auftreten Adams und Evas anschlossen.

Wieviel ist nicht zum Lobe jener Engelchöre gesagt und geschrieben worden, die dieje Eckbilder mit der Himmelsglorie der drei Mitteltafeln verbinden! (Abb. 20 und 21.) Schon der eben citierte Künstlerbiograph Karel van Mander rühmt die „Engelkens, die Musijke singen" so künstlich und wohlgeraten, daß man ihrem Ansehen leicht anmerkt, wer Distant, Alt, Tenor und Baß singe. Auch hier schränkt unser modernes Empfinden das Lob der älteren Bewunderer etwas ein, was den Ausdruck der Köpfe anlangt. Das Gequälte und Gesuchte in den Mienen mit den fast schmerzhaft gekrausten Augenbrauen und den zähnefletschend halbgeöffneten Lippen wird keinem unbefangenen Beschauer bei Betrachtung namentlich des linken Engelchores entgehen. Rührend aber erscheint auch heute noch das Ringen nach charakteristischem Ausdruck, dies Streben nach Variierung der an sich ziemlich gleichartigen Gesichtszüge, meisterhaft und unübertrefflich die Schilderung des toten Beiwerks, des Stofflichen in den leuchtenden Brokatgewändern, den Edelsteinspangen, dem Schnitzwerk des eichenen Chorpults, dem Goldgelock des Haares. Schon etwas mehr Innigkeit der Empfindung lesen wir in den Zügen der sogenannten heiligen Cäcilie auf dem linken Flügel. Sie greift, wie sich auf der Klaviatur der Handorgel mit aller Bestimmtheit feststellen läßt, den C-dur-Dreiklang und scheint völlig in das Ausklingen der Harmonien versunken. Kopf und Blick träumerisch neigend, lauscht sie, scheinbar willenlos einer höheren Eingebung überlassen, den langverhallenden Tönen. Ohne Noten folgen die übrigen Instrumentalisten, von denen nur der Violaspieler und der Harfenist hervortreten, dem Orgelvorspiel; mit den Fingern markieren sie

Abb. 22. Hubert van Eyck. Gottvater.
Vom Genter Altar. Gent. St. Bavon.
(Nach einer Originalphotographie von J. Bruckmann in München.)

Abb. 23. Hubert van Eyck. Maria. Vom Genter Altar. Gent. St. Bavon.
(Nach einer Originalphotographie von F. Bruckmann in München.)

die Taktteile der Pausen, nach denen sie den Klang ihrer Instrumente den übrigen zu vereinigen haben. Aber, wer würde nicht gern auch ihre Köpfe, ja selbst den der heiligen Cäcilie, preisgeben für das wundervolle Licht- und Farbenspiel, das die reichgestickten Gewänder, die eichenen Bohlen des Orgelkastens, die zinnernen Pfeifen, die blaugemusterten Fliesen des Fußbodens umgaukelt! Die hier erzielte Farbenharmonie ist von einer unvergleichlichen Tiefe und Klarheit. Entzückend fein sind auch die schlanken, jugendlich schmiegsamen Hände gebildet; hier offenbart der Meister eine Zartheit des Gefühls für menschliche Schönheit, die wir in allen Köpfen vergebens suchen.

Vielleicht erscheint uns Nachgeborenen der Ausdruck der Köpfe in diesen Bildern nur deshalb so stumpf, weil die Verfeinerung unseres Nervenlebens den modernen Physiognomien erst jene Beweglichkeit und Ausdrucksfähigkeit verliehen, die dem gesunden Menschenschlag des XV. Jahrhunderts, ja selbst unseren Urgroßeltern noch fremd war. Wir würden sie aber nicht vermissen, wenn nicht der Maler in allem anderen die strengsten Forderungen unseres mikroskopischen Blicks hinter sich ließe; wir vermissen sie nicht in jenen monumental gehaltenen Gestalten, die, durch ihre überirdische und symbolische Sonderstellung von allem Menschlichen geschieden, den Mittelteil des

Altarwerks bilden: Gottvater in der Mitte, Maria und Johannes der Täufer zu seiner Seite (Abb. 22. 23. 24). Hier erkennen wir die Gebundenheit des Ausdrucks als künstlerisch berechtigt an. „Leben ohne Tod im Haupte. Jugend ohne Alter an der Stirn. Freude ohne Trauer zur Rechten. Sicherheit ohne Furcht zur Linken", das war der Vorwurf für die Gestalt Gottvaters. Menschliche Empfindung reicht in diese Sphäre nicht hinauf, aber mit wunderbarem Gelingen sehen wir dennoch die Aufgabe durch künstlerische Ahnung gelöst. Göttlicher Ernst und menschliche Milde paaren sich in diesem Antlitz und in der ceremoniösen, aber nicht toten Gebärde des obersten Richters. Wie Teilerscheinungen seines Wesens umgeben ihn Maria und Johannes. Dieser, der asketisch strenge Priester der Wüste, lehrend, wieder und wieder hinweisend auf die Zukunft mit ihren Wundern und Schrecken, eine trotzig-herbe Gestalt, deren wilder Bartwuchs und vom Wüstenstaub bedeckten Füße von thatkräftigem männlichen Willen Zeugnis ablegen, und Maria, demütig in ihr Gebetbuch blickend, voll Hingebung, gelöst in weicher, weiblicher Empfindung, das makellose Gefäß göttlicher Gnade.

So klingt auch hier eine gewollte Harmonie herab, die, vereinigt mit den Stimmen der Engel und den Klängen der Orgel, den festen Grundakkord bildet zu dem reichbewegten

Abb. 24. Hubert van Eyck. Johannes der Täufer. Vom Genter Altar. Gent. St. Bavon.
(Nach einer Originalphotographie von F. Bruckmann in München.)

Leben der unteren Tafeln (Abb. 25—29).
Den ernsten Kirchenklängen mischt sich auf
den Flügeln hie und da weltlich-heiteres
Trompetengeschmetter, die Mitteltafel freilich
hält den Grundakkord mit: aber über ihm
baut sich die lichte, farbenfreudige Pracht einer
mit allen erdenklichen Reizen ausgestatteten
Landschaft auf. Wie schön ist die Welt!
scheinen diese Palmenhaine, diese prunkvollen
Bauten des Hintergrundes zu rufen. Auch
sie, bis herab auf die keck ihr Blütenhaupt
in die Luft streckenden Primeln des Vordergrundes, feiern in ihrer Weise die Allmacht
und Gnade des Schöpfers.

Stets werden wir das Naturgefühl
eines Malers zuerst in dem Aufbau und
der Durchführung seiner landschaftlichen
Hintergründe suchen, ja mehr noch, sein
Raumgefühl, seine Fähigkeit, überzeugende
Tiefenwirkung im Bilde zu erzielen, werden
uns zum wichtigsten Maßstab seiner ent-
wicklungsgeschichtlichen Bedeutung. Be-
deutet doch jeder Fortschritt in der malerischen Beherrschung des Raumes einen
Markstein in der Geschichte der Malerei.
Obwohl von den Brüdern van Eyck die
Gesetze perspektivischer Linienverschiebung
keineswegs auch nur in dem Umfange bekannt waren, wie sie heute der elementare
Zeichenunterricht lehrt, hebt sie ihre In-
tuition mit erstaunlicher Sicherheit über viele
der hier verborgenen Klippen hinweg.
Wenn wir die Landschaft der Anbetung
des Lammes mit einem Projektionsnetz
überziehen, kommen wir zu dem über-
raschenden Ergebnis, daß zwei Horizonte
sich übereinander schieben; auch haben
wir vor dem Bilde die unwillkürliche
Empfindung, als stiege der Wiesenplan zu
steil an. Aber, vergleichen wir die Tiefen-
disposition dieses Bildes etwa mit der
kindlichen Unbeholfenheit, die Melchior
Broederlam in seinen Altarflügeln des
Museums zu Dijon (1389 gemalt) in allen
perspektivischen Dingen bekundet, so wird
der gewaltige Abstand, der die Eycks von
ihren Vorläufern trennt, offenbar. Und
wie geschickt sind die Figurenmassen in den
Raum gestellt! wie richtig ihre Größen-
verhältnisse gegeneinander abgewogen! wie
körperlich lösen sich die einzelnen Gestalten
der dicht gedrängten Gruppen voneinander
los! Auch vor diesem Bilde mußte die
Mitwelt den Eindruck einer neuen Offen-

barung künstlerischer Kraft erhalten, zu
ihm darf die Nachwelt zurückblicken als
auf eine bahnbrechende That des malerischen
Genius. Denn rein malerisch, lediglich
koloristisch sind die Mittel, durch die der
Meister seine Wirkung erzielt. Zwar tönt
er noch nicht, wie spätere Maler, Vordergrund und Mittelgrund deutlich gegeneinander ab: nur die Hügel und Bauten
des Hintergrundes schwimmen in mählich
verblassendem Blau, während Vorder- und
Mittelgrund in fast gleichmäßigem Grün
leuchten; kaum merklich verdunkelt sich
die Farbe in den Baummassen des Mittel-
grundes. Aber der Blick löst sich überhaupt nur schwer von den in satte Farben
getauchten Einzelheiten der Vegetation, die
in verschwenderischer Fülle über das Ganze
ausgestreut sind. Da glühen Rosen im
Gebüsch, Weinreben, Palmen, Cypressen,
Lorbeer und Schwertlilien locken immer
wieder das Auge, und über dem Ganzen
wölbt sich der wundervoll getönte Himmel,
dessen Wölkchen die Strahlen der Gottes-
taube verklären. Auch bei den Gestalten
wandert das Auge mit erquickendem Tasten
von einem zum andern. Scheinbar gleich-
artig, bergen die Köpfe der Apostel und
geistlichen Würdenträger rechts doch reich
bewegtes, wesenstreues Leben. Energischer
noch in ihrer Art gezeichnet sind die
links stehenden Männer des alten Bundes,
zum Teil mit finsterem Blick sich abwendend
von dem Wunder des neuen Heils, wie
der beturbante Mantelträger mit dem Lor-
beerzweig im Vordergrund; andere schreiten
zögernd, bedächtig zweifelnd heran. Eine
Ueberfülle mägdlicher Schönheit regt sich in
der Schar der Märtyrerinnen des Mittel-
grundes: Dorothea, Agnes, Barbara an der
Spitze, mit demütig gesenktem, von Lockenhaar umwalltem Haupt dem Altar des
Lammes nahend. Unter den heiligen Mär-
tyrern links treten nur Lievinus, der Patron
der Stadt Gent, und der heilige Stephan
deutlicher hervor.

Nicht ganz genau setzt sich der Horizont
der Landschaft auf den Flügeln fort; der
Künstler wollte damit eine ideale Raum-
trennung zwischen dem Hauptbilde und den
Flügeln andeuten, deren je zwei auf jeder
Seite eine einheitliche Masse bilden. Rechts,
wie schon geschildert, die heiligen Einsiedler und Pilger (Abb. 26. 27).

Abb. 25. Hubert van Eyck. Die Anbetung des Lammes.
Vom Genter Altar. Gent. St. Bavon.
(Nach einer Originalphotographie von F. Bruckmann in München.)

Abb. 26. Jan van Eyck. Die heiligen Einsiedler.
Flügelbild vom Genter Altar.
Berlin. Königl. Gemäldegalerie.
(Nach einer Originalphotographie von Franz Hanfstängl in München.)

Hier drängt sich der südliche Charakter der Landschaft besonders dem Blick des Beschauers auf. Die zerklüftete Schieferfelskulisse, an der die Pilgerschar vorüber zieht, ist zwar nur mit spärlichen Graskuppen bedeckt, aber rings umher blüht und glüht eine üppige Pflanzenwelt. Goldorangen nicken von den Zweigen, ein breiter Pinienwipfel ragt auf der Höhe des Felsens, schlanke Cypressen strecken ihr spitzes Gezweig neben Federpalmen in das Blau des Äthers, in dem aufgescheuchte Vögel ihre Kreise ziehen. Ganz rechts dringt der Blick hinaus über eine umbuschte Halde zur fruchtbaren Flußebene mit Städten und Triften. Diese Landschaft übt einen gewaltigen sehnsuchtweckenden Reiz auf jeden, der für Naturpoesie überhaupt empfänglich ist. Etwas Verträumtes, Märchenhaftes haben auch die Gestalten: zum Teil mürrisch dreinblickende, zottige Gesellen in langen braunen Pilgerkutten mit Rosenkranz und Knotenstab, die den mühseligen Weg aus den Klüften ihrer Einsiedelei als Frohnde betrachten; weltentrückte Schwärmerei dagegen liegt auf den Zügen der beiden Büßerinnen, die sich der Wallfahrt angeschlossen haben. Wegweisend schreitet inmitten der Schar der riesige Christoph in rotem Mantel, ein Bild gutmütiger Kraft, mit schwieligen Füßen über den steinigen Boden dahintappend; ihm folgt dicht gedrängt der Pilger Sippe. In diesen Köpfen scheint alles erschöpft, was die Eyckische Kunst an Charakterschilderung vermochte, ja, man darf im Hinblick darauf die unteren Innenflügel wohl als den bedeutsamsten Teil des Altarganzen bezeichnen. Die Kavalkade der Streiter Christi und gerechten Richter (Abb. 28. 29) hat geringeren Anteil an solchem Lob. Auch hier entzieht eine Felspartie mit spärlichem Graswuchs den Mittelgrund dem Auge und bildet die bequeme Folie für die Köpfe und Gestalten des Reitertrosses. Nur links senkt sie sich und gibt den Blick frei in eine baumreiche Landschaft, aus der phantastisch reiche Turmbauten, Abteien und Schlösser, auftauchen, während rechts neben dem Felsen ein bergiger Buchenwald und glänzende Schneefirnen sich am Horizonte hinziehen. Auf feisten flandrischen Gäulen naht in langsamem Schritt die Schar der Streiter Christi, gekrönte Häupter neben stirnbekränzten Jünglingen in Heroldstracht (Abb. 28).

Hell strahlen Panzer und Schild, das Edelgestein der Zaumzeuge und das Geschmeide der Fürsten funkelt im Sonnenlicht, die Kreuzesbanner bläht der Wind. Prächtig sind die Pferde individualisiert: der wiehernde Rappe der hintersten Reihe, der Schimmel daneben, von dem nur die maultierartig langen gespitzten Ohren sichtbar werden, der schäumende Turnierzelter mit kräftig gekrümmtem Bug, den ein jugendlicher Glaubenskämpe mit Schild und Banner scharf im Zaum hält, während der vorderste Reiter seinen Grauschimmel gemach die Zügel nachläßt, als gälte es, nach langem beschwerlichen Ritt dem Tier den Willen zu gönnen. Die Köpfe der Ritter auf diesem Flügel haben im Gegensatz zu denen der Einsiedler und Pilger etwas eintönig Blödes im Ausdruck. Um so lebhafter bewegt und individualisiert sind die Gestalten der gerechten Richter auf der äußersten linken Bildtafel (Abb. 28). Namentlich fallen uns zwei Köpfe durch bildnisartige Lebendigkeit auf: der des bejahrten Schimmelreiters in Pelzmütze und pelzverbrämter Houppelande, dessen Gestalt die ganze Breite des Vordergrundes einnimmt, und weiter zurück das Antlitz eines scharf aus dem Bilde herausblickenden jüngeren Mannes, um dessen Stirn sich ein turbanartiges schwarzseidenes Kopftuch schlingt. Alte, bis zum Anfang des XVII. Jahrhunderts zurückreichende Überlieferung bezeichnet diese beiden als Porträts der Maler des Altarwerkes (Abb. 1 u. 2). Huberts faltiges, halb zum Lächeln verzogenes Gesicht, über dessen stattliche Nase aus zusammengekniffenen Lidern dunkele Augen spähen, wird von einer im Nacken herabfallenden Zobelmütze umrahmt. Der blaue Sammetrock mit grauem Pelzfutter und Besatz hängt faltig an seinem hageren Körper herab; selbstbewußt stemmt er die Linke in die Hüfte, während die schlanke Rechte den Zügel führt. Von Jan wird nur der Oberkörper in dem Gedränge sichtbar; er hat ihn zur Seite gewandt und lugt herausfordernd zum Beschauer hinüber. Die feingeschnittene Nase, energische Augenbrauen und ein zierlich gerundetes Kinn geben den Zügen seines bartlosen Kopfes Charakter. Eine lange

Abb. 27. Jan van Eyck. Die heiligen Pilger.
Flügelbild des Genter Altars.
Berlin. Königl. Gemäldegalerie.
(Nach einer Originalphotographie von Franz Hanfstängl in München.)

Korallenkette fällt auf den schwarzen pelzbesetzten Sammetrock herab.

So wären wir nach langer Wanderung durch die Wunderwürdigkeiten des Bildes endlich wieder bei dessen Schöpfern angelangt. Denn eine metrische lateinische Inschrift, die sich um den alten Holzrahmen der unteren Außenflügel herumzieht, legt urkundliches Zeugnis ab, daß Hubert van Eyck den Altar begonnen, sein jüngerer Bruder Jan aber ihn vollendet habe. Wir geben diese zum Teil nicht mehr vollständige, zum Teil undeutlich gewordene Inschrift, die als wichtigstes Dokument zur Geschichte des Altarwerks und seiner Urheber genaueste Interpretation fordert, zunächst im lateinischen Wortlaut, den trotz der mangelhaften gegenwärtigen Erhaltung eine um die Mitte des XVI. Jahrhunderts genommene Abschrift wiederherzustellen gestattet:

P(ic)tor hubertus e eyck. major quo nemo repertus
Incepit. pondusq̄ Johannes arte secund(us)
(frater perf) cit Judoci vyd prece fretʷ.
versu sexta mai. vos collocat acta tueri.

Abb. 28. Jan van Eyck. Die gerechten Richter.
Flügelbild des Genter Altars.
Berlin. Königl. Gemäldegalerie.
(Nach einer Originalphotographie von Franz Hanfstängl in München.)

Wörtlich übersetzt lauten diese Verse, die der lateinischen Sprache und Metrik etwas Gewalt anthun: Der Maler Hubert aus Eyck, größer als der niemand gefunden ward, hat (es) begonnen. Und die Masse, (wörtlich: das Gewicht, die schwere Arbeit) hat Johannes (der Bruder), in der Kunst ihm folgend (oder: in der Kunst der zweite, an Kunst geringer?) vollendet, fest vertrauend auf die Bitte (den Auftrag) des Jodocus Vyd." Die meisten Schwierigkeiten bereitet die letzte Zeile dem Übersetzer; wortgetreu verdeutscht gibt sie keinen rechten Sinn: „durch den Vers am 6. Mai, euch stellt das Dargestellte hin, anzublicken." Etwas weiter bringt uns die Annahme, daß der Maler der Inschrift das Wort „collocat" etwa an Stelle des ähnlich klingenden „convocat" gesetzt habe; dann würde der Sinn sein: durch den Vers ruft er euch am 6. Mai zusammen, das Dargestellte zu betrachten. Aber auch dieser Deutung stellen sich sprachliche und metrische Einwendungen entgegen. Schließlich sei noch der Vermutung Ausdruck geliehen, daß hinter dem Worte versu ein s ausgefallen sein könnte; man würde dann mit Nichtachtung der Interpunktion hinter maj übersetzen können: Die Verse setzt er am 6. Mai darauf, damit ihr das Dargestellte anseht. Kurz — so viel Worte, so viel Schwierigkeiten und Zweideutigkeiten. Eins aber erfahren wir aus dem letzten Hexameter, was der mit den Inschriftgebräuchen der Zeit Vertraute ohne Schwierigkeit herauszulesen vermag: eine Zeitangabe, die sich in den rot gefärbten Buchstaben des Verses versteckt. Bekanntlich dienten im Mittelalter wie im Altertum die Buchstaben als Zahlzeichen, und wenn wir nun die roten (hier durch größere Typen kenntlich gemachten) Buchstaben des Verses als Zahlen addieren, erhalten wir: 5 + 5 + 10 + 1000 + 1 + 5 + 100 + 50 + 50 + 100 + 100 + 5 + 1 = 1432. Damit ist der rätselhaften Inschrift wenigstens das Datum der Vollendung des Altars: der 6. Mai 1432 abgerungen. Aber auch die ersten drei Zeilen geben manchen unanfechtbaren Aufschluß über Maler und Besteller. Hubert wird von dem überlebenden Bruder in dankbarer Bewunderung als der größte Maler seiner Zeit gepriesen, der das Werk begonnen. Die schwerste Arbeit (pondus) freilich blieb dem jüngeren Meister nach Huberts Tode (1426) zu thun übrig; er machte sich daran, im Vertrauen darauf, daß Jodocus Vydt, der seinem Bruder den Auftrag dazu gegeben, auch seine Arbeit anerkennen und belohnen werde. Das dürfte etwa der klar erkennbare Sinn der Aufschrift sein, der uns auch leiten muß bei Untersuchung der Frage, welchen Anteil jeder der Brüder an dem großen gemeinsamen Werk hat.

Leider wissen wir nicht, wann Hubert Vydts Auftrag erhalten. Galt der Besuch des Rats von Gent in seiner Werkstatt 1424, über den der Archivar de Busscher, urkundliche Angaben gefunden, aber leider nicht veröffentlicht hat, bereits der Besichtigung der Altartafeln für Sanct Bavo? Dann hätte der Meister noch zwei Jahre an diesen arbeiten können, ehe der Tod ihn abrief. Aber das ist nicht erwiesen; Jan van Eyck kann nicht

Abb. 29. Jan van Eyck. Die Streiter Christi.
Flügelbild des Genter Altars.
Berlin. Königl. Gemäldegalerie.
(Nach einer Originalphotographie von Franz Hanfstängl in München.)

Abb. 30. Unbekannter Meister. Adam und Eva.
Silberstiftzeichnung nach den Flügelbildern des Genter Altars.
Paris. Louvre.

unmittelbar nach dem Ableben seines Bruders für diesen eingetreten sein, da er vom Frühjahr 1425 bis 1428 in Lille am Hof Philipps des Guten weilte, dann bis zum Ende des Jahres 1429 eine große Reise nach Portugal und Spanien machte und Januar 1430 wieder in die Heimat zurückkehrte und sich in Brügge niederließ. Hier erst wird er dann wohl das Bild vollendet haben, das er sich von Gent in sein neues Atelier hinschaffen ließ. Im Beginn des Jahres 1432 besucht ihn sein fürstlicher Beschützer, Philipp der Gute, um ein „gewisses Werk", das er gemacht, zu besehen, nicht ohne den Werkstattsgehilfen ein stattliches Geschenk zu hinterlassen, wie aus den Rechnungen der herzoglichen Hofhaltung hervorgeht. Für seine späteren kleinen Werke dürfte er kaum die Hilfe von Gesellenhänden in Anspruch genommen haben, und so wird wohl auch dieser Besuch dem der Vollendung nahen Altare gegolten haben.

Wie ist nun die Arbeit der Brüder abzugrenzen? Hat Hubert vielleicht nur den Aufbau und die Einteilung des Ganzen bestimmt und entworfen, die eigentliche Ausführung aber (pondus) dem jüngeren hinterlassen? Nur genaue Prüfung der erhaltenen Tafeln und ihrer stilistischen Besonderheiten vermag darüber einigen Aufschluß zu geben. Aber auch hier ist man bis heute noch zu keinem einstimmigen Urteil gekommen. Wesentlich erschwert wird ein solches durch den Umstand, daß wir keine sicheren Werke von der Hand Huberts kennen, während Jan eine ganze Reihe seiner Arbeiten durch Namensunterschrift zu Urkunden seiner Meisterschaft gestempelt hat. Die liegt auf wesentlich anderem Gebiet, als in dem Entwerfen großer vielgliederiger Kompositionen voll tiefsinniger Beziehung und wohlerwogener Raumverteilung. Schon der Maßstab der Genter Malereien verbietet sie ohne weiteres mit den zierlichen Miniaturen Jans zu vergleichen.

Am natürlichsten ist die Annahme, daß der Anfang einer so umfangreichen Arbeit mit dem feststehenden Mittelteil und nicht mit den Flügeln gemacht wurde. Wie Hubert voraussichtlich den Plan des Ganzen entworfen, so wird er auch die Staffel und die oberen drei Mitteltafeln in Gent: Gottvater, Maria und Johannes eigenhändig ausgeführt haben. Das untere Mittelbild, die Anbetung des Lammes, rührt sicherlich zum größten Teil ebenfalls von ihm her, wenngleich einige Köpfe der Gestalten rechts im Vordergrunde das Gepräge der realistischen Kleinkunst des jüngeren Bruders tragen und Carel van Mander es diesem ganz zuschreibt. Nach dem Mittelbild kamen zweifellos die Innenflügel heran, die ja eine vorhinein geplante Vervollständigung desselben bilden. Hier mag der Tod Hubert an der Vollendung der Einzelheiten gehindert haben. Daß Jans Porträt uns auf dem linken Reiterflügel, wie aus dem Spiegel gezeichnet, begegnet, weist darauf hin, daß dieser ausgeführt wurde, als Jan bereits zur Mitarbeit herangezogen war; aber auch einzelne porträtmäßig scharf individualisierte Köpfe auf den Pilger- und Einsiedlerflügeln, sowie die auffallend klein

Abb. 31. Unbekannter Meister. Silberstiftstudien. Rückseite von Abb. 30. Paris. Louvre.

gebildeten Hände dieser Gestalten sprechen laut für die Urheberschaft Jans: nicht minder das satte, warm leuchtende Kolorit — namentlich auch in den Fleischtönen — und jene zahlreich in der Landschaft verstreuten südländischen Vegetationsformen, die bei Jan van Eyck nicht überraschen, da er am Ende der zwanziger Jahre eine Reise nach Portugal und Spanien unter-

Abb. 32. Unbekannter Meister. Engel der Verkündigung. Federzeichnung nach Jan van Eyck. Berlin. Königl. Kupferstichkabinett.

nommen, während wir von einem Aufenthalt Huberts im Süden keine Nachricht haben.

Die naturalistisch durchgeführten Gestalten des ersten Elternpaares mit ihren Hautfältchen an den Achselhöhlen und der straff gespannten Epidermis würde man unbedenklich als das Werk Jans bezeichnen, wenn nicht der energische Ausdruck, die statuarische Haltung und die Formen der schlanken, aber keineswegs kleinen Hände dagegen sprächen. Nicht ohne Grund hat man auch auf die dramatische Knappheit der beiden in Steinfarbe ausgeführten Scenen zu Häupten Adams und Evas hingewiesen, deren wir Jan nach seinen sonstigen Leistungen nicht für fähig halten. Überhaupt fallen diese beiden Flügel etwas aus dem Ganzen der oberen Figurenreihe heraus. Ihr Höhenmaß übertrifft dasjenige des Mittelbildes, das sie bei geschlossenem Altarschrein decken sollten, um mehr als dreißig Centimeter, und auch die auf den Außenseiten dargestellten Teile des Verkündigungsraumes wollen durchaus nicht mit den dazugehörigen Berliner Flügeln zusammenpassen. Die Annahme, daß Jan diese Teile in Brügge vollendete, ohne genau die Maße und Dispositionen der Genter Tafeln im Kopf zu haben, würde manche Widersprüche am einfachsten erklären.

Im übrigen ist die Ausführung der Außenseiten aller Flügel, der letzte Teil der Arbeit, wohl ganz sein Werk, wenngleich es nicht an Stimmen fehlt, welche die Bildnisse der Stifter für Huberts Schöpfung ausgeben.

Das Dunkel, das die Einzelheiten der Entstehung des Genter Altars umgibt, läßt sich nach vier Jahrhunderten kaum mehr aufhellen, zumal auch keine einzige vorbereitende Studie für das Werk erhalten blieb. Silberstiftzeichnungen mit den Figuren des ersten Elternpaares im Louvre (Abb. 30. 31) und in der Universitätssammlung zu Erlangen halten dem kritischen Blick nicht stand; wie sie ist auch eine Zeichnung des knieenden Verkündigungsengels im Kupferstichkabinett zu Berlin (Abb. 32) sicherlich nur eine Kopie aus dem Beginn des XVI. Jahrhunderts, wie deren wohl viele von kunstbeflissenen Bewunderern des Altarwerkes gemacht wurden. Stand doch auch unser Altmeister Dürer 1521 in neidlosem Staunen vor dieser Schöpfung, die er als „des Johannes Tafel" in seinem Tagebuch erwähnt und mit den Worten rühmt: „Das ist ein übertöstlich, hochverständig Gemäl, und sonderlich die Eva, Maria und Gott Vater sind fast gut." — —

Das Bestreben, überraschende Wandlungen der Kunst aus einem äußeren, Jedwedem einleuchtenden Grunde zu erklären, hat früh darauf geführt, die That der Eycks zum notwendigen Ergebnis einer technischen Erfindung zu stempeln. Das Geheimnis, das über dem Schaffen des Genies liegt, mußte für die nicht Genialen gelüftet werden. So wurden die Schöpfer des Genter Altars zu den „Erfindern der Ölmalerei"; damit war auch den Handwerkern in der Kunst Genüge gethan. Noch heute rechnen die Geschichtsbücher die Erfindung der Ölmalerei mit der des Schießpulvers und des Letterndruckes, die ihren mythischen Schleier noch keineswegs ganz abgelegt haben, zu den feststehenden Ereignissen, die den Umschwung der Zeit erklären helfen. Je weiter aber die Einzelbetrachtung und Forschung vordringt, desto haltloser erweisen sich die Stützen dieser so gern angenommenen Geschichtsklitterung. Wenn wir allein die tastbaren oder doch jedem Zweifel überhobenen Zeu-

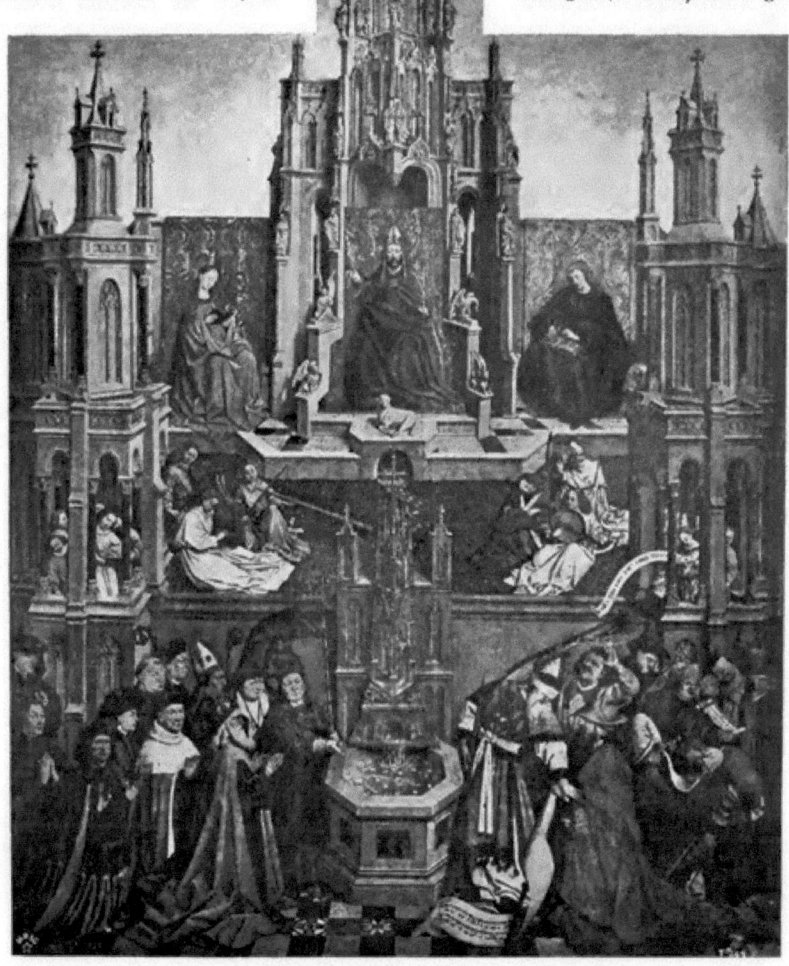

Abb. 33. Petrus Cristus (Kopie). Der Brunnen des Lebens.
Madrid. Pradomuseum. Holz: 1,81 : 1,30.
(Nach einer Originalphotographie von Braun, Clément & Cie. in Dornach i. E. und Paris.)

gen — in unserem Falle also die erhaltenen Werke der Malerei — vernehmen, gelangen wir — obwohl auch dieser Weg bei der vielfachen Überarbeitung, der fast alle Kunstwerke so früher Jahrhunderte ausgesetzt waren, leicht in die Irre führen kann — zu folgendem Ergebnis: Die spätmittelalterlichen Tafelbilder sind, wie auch die gleichzeitigen technischen Schriften bestätigen, größtenteils in sogenannter Temperamalerei ausgeführt, d. h., die pulverisierten Erdfarben, die auf die geglättete und mit einem geleimten Kreidegrund versehene Holztafel aufgesetzt wurden, sind, um auf dem Malgrunde zu haften, mit Eidotter, Eiweiß oder Feigenmilch angerührt. War die erste noch einfarbige Schicht aufgetragen, nachdem eine sorgfältige Vorzeichnung die Linien und Einzelheiten der Komposition bestimmt hatte, so wurde sie mit einem Ölfirnis, einer Mischung von Leinöl und Harz, überzogen, um zu trocknen; dann erst trug man die Lokalfarben auf die so vor Erweichen und Verwischen gesicherte Untermalung auf, und schließlich setzte man noch die sogenannten Lasuren in Ölfarben, d. h. mit Nußöl oder Leinöl angerührten Mineralfarben, auf. Dieses umständliche Verfahren, das sich eigentlich als eine gefirnißte Miniaturmalerei auf Holz darstellt, hatte manche übel empfundene Mängel; wir hörten bereits, daß die in Tempera gemalte Predella des Genter Altars bei einer späteren Reinigung mit Wasser zu Grunde ging. Die Widerstandsfähigkeit gegen Feuchtigkeit war also gering. Ferner schuf der langwierige Trockenprozeß der einzelnen Farbenschichten, die dazu dem Herdfeuer oder dem Sonnenlicht längere Zeit ausgesetzt werden mußten, dem Maler viel Zeitverlust und Verdruß. Vor allem aber konnte er die verschiedenen Farben nicht allmählich ineinander übergehen lassen, — „vertreiben" lautet der technische Ausdruck — mußte sich vielmehr mit strichelndem Übergehen der bereits getrockneten Schichten begnügen. Dazu kam, daß die Temperamalerei beim Trocknen einschlug, d. h. eine stumpfe glanzlose Oberfläche erhielt, und die Farben sich dabei in ihren Werten und ihrer Leuchtkraft veränderten.

Von all diesen Unzulänglichkeiten nun sind die Bilder der Brüder van Eyck frei. Wie sind sie gemalt? Das ist die Frage, die seit ihrem Erscheinen die Gemüter zu lebhafter Neugier aufregte und zu dem Mythus von der Erfindung der Ölmalerei Anlaß bot. Zeitgenössische Mitteilungen über die Technik der Eycks besitzen wir nicht, die unmittelbaren Nachfahren drücken sich sehr vorsichtig und unbestimmt darüber aus. Erst um die Mitte des XVI. Jahrhunderts kleidete der Aretiner Künstlerbiograph Giorgio Vasari die Geschichte von der Erfindung der Ölmalerei in das gefällige Gewand einer Anekdote. Viele Künstler, so erzählt er, in Frankreich, Spanien und Deutschland hatten die Mängel der älteren Temperatechnik empfunden und mit Eifer zu beseitigen versucht, aber ohne Erfolg. Jan van Brügge — so nennt er den jüngeren der Brüder van Eyck —, der als grüblerischer Kopf und tüchtiger Techniker ebenfalls mit solchen Versuchen sich beschäftigt hatte, widerfuhr einstmals mit einer Tafel, die ihm gar große Mühe gemacht, besonderer Verdruß. Als sie fast ganz in Tempera vollendet und gefirnißt an die Sonne gestellt war, um zu trocknen, barst sie in mehrere Teile. Schaden macht klug, und so ließ der Künstler nicht nach zu experimentieren, bis er zu der Einsicht kam, daß das Nuß- und Leinöl, das bisher nur als Firniszusatz in Gebrauch war, das trefflichste Bindemittel für alle Farben abgäbe und die Eitempera in allen Stücken ersetze. Damit hatte er das lang erstrebte Ziel erreicht und der Ruhm seiner Entdeckung, die er anfangs als Geheimnis hütete und erst im Alter seinem Schüler Roger van der Weyden erklärte, drang schnell in alle Teile der Welt.

So weit die schön gefügte Erzählung des Aretiners, die von allen kommenden Schriftstellern mit Behagen weiter herumgetragen wurde. Erst Lessing wagte in seinem 1774 erschienenen Schriftchen „Vom Alter der Ölmalerei" den Einwand, daß von einer Entdeckung der Ölfarben im fünfzehnten Jahrhundert wohl füglich nicht die Rede sein könne, da alte technische Schriften bereits im zehnten Jahrhundert des Öls als Bindemittel für Farben und Firnisse gedenken. Seitdem haben Gelehrte und Techniker die Frage nicht ruhen lassen, ohne doch zu einer unzweideutigen Antwort zu kommen. Nur darüber hat man sich geeinigt, daß von einer Entdeckung oder Erfindung der Ölfarben durch Jan van Eyck im Sinne der Erzählung Vasaris nicht gesprochen werden kann. Neuerdings will man die Verbesserung des Malverfahrens, die nun einmal von dem Namen und den Werken der Brüder van Eyck nicht zu trennen ist, darin sehen, daß sie das alte schwertrocknende Ölbindemittel durch Emulsion, d. h. durch innige Vermengung mit Gummi und Eigelb, mit Wasser mischbar und schneller trocknend gemacht haben. Aber auch dieser Anschauung begegnet von technischer Seite Widerspruch. Aus diesem Streit der Meinungen hilft am ehesten gründliche Prüfung der Bilder heraus. Was sie uns über ihre Entstehung nicht lehren, wird wohl immer verborgen bleiben.

Abb. 31. Jan van Eyck (?). Die Marien am Grabe Christi. Richmond. Sammlung F. Cook. Holz: 28 : 35 cm.

Zunächst wissen wir, daß der Genter Altar und zwar bei seiner Predella in Temperamalerei begonnen ist, und daß diese den Putzversuchen mit Wasser nicht widerstanden hat. Weiterhin ist allgemein bekannt, daß die Ölfarbe bereits vor der Zeit der Eycks

Abb. 36. Jan van Eyck (?). Kreuzigung Christi. Petersburg. Eremitage. Lwd.: 62 : 25 cm.

besonders zum Anstrich von Holzschnitzereien und Steinskulpturen benutzt wurde. Die Nachricht, daß Jan van Eyck um 1433 den Auftrag erhielt, sechs Steinskulpturen der Fassade des Stadthauses zu Brügge zu vergolden und zu bemalen und daß er diese Aufgabe zu voller Zufriedenheit der Auftraggeber ausführte, läßt mit Sicherheit darauf schließen, daß er zu jener Zeit bereits mit Ölfarben umzugehen verstand. Über die Art, wie er seine Bilder ausführte, schließlich belehrt uns ein unvollendetes Gemälde seiner Hand aus dem Jahre 1437 im Museum zu Antwerpen. Das kleine Bildchen stellt die heilige Barbara dar, die, in einem Buche blätternd, vor einem im Bau begriffenen gotischen Turm sitzt; im Mittelgrunde der weit gestreckten Landschaft sehen wir zahlreiche Bauhandwerker unter der Aufsicht eines Hüttenmeisters bei der Arbeit beschäftigt. Das Eichenholz der kleinen Tafel hat weißen Kreidegrund und auf diesem ist die Zeichnung der figurenreichen Komposition mit der Feder und einem feinen Pinsel sauber strichelnd entworfen. Nur der Himmel ist in Farben angelegt. Die sorgsame zeichnerische Durchführung aller Einzelheiten sowie die leichte Pinselschattierung derselben in lichtem Braun, also einem neutralen Ton, entspricht durchaus dem Verfahren, wie es die Temperamaler anwandten; auch sind die zur Schattierung benutzten Farben sicherlich keine Ölfarben, da diese Stricheltechnik entbehrlich gemacht hätten. Der Himmel, der keine Vorzeichnung, sondern nur Abtönung verlangte, ist dagegen in Ölfarbe ausgeführt. Wir dürfen daraus schließen, daß Jan van Eyck in der Regel seine Bilder in Temperafarbe anlegte und untermalte, um dann die Lokaltöne und Lasuren in Ölfarbe daraufzusetzen. Daß diese Farben eine so ungewöhnliche Durchsichtigkeit und Leuchtkraft erhielten, ist wohl am ehesten darauf zurückzuführen, daß der Künstler in seinen Bildern durchweg nur reine Erdfarben, nämlich Kobalt, Terra di Siena, Neapelgelb und Zinkweiß verwandte und vielleicht das zur Mischung benutzte Öl sorgfältiger als andere Maler zu klären verstand. Mehr und mehr nähern wir uns damit der Überzeugung, daß in technischer Feinfühligkeit das eigentliche Geheimnis der sogenannten Erfindung beruht. Das und nichts anderes wissen auch die ältesten Quellen nur zu sagen, wie Bartolomäus Facius, der fünfzehn Jahre nach dem Tode des Meisters diesen als Fürsten unter den Malern feiert, der „in allen technischen Dingen wohlerfahren, einiges über die Eigenschaften der Farben herausgefunden habe", und der Mailänder Baumeister Antonio Filarete, der 1460 einfach berichtet: unter allen, die die Ölmalerei anwandten, habe es Jan van Eyck mit dem größten künstlerischen Erfolge gethan.

Zum Schluß dieser Erörterung sei noch bemerkt, daß diejenige Technik, die wir als Ölmalerei im modernen Sinne bezeichnen, wesentlich auf der Verwendung der destillierten Öle und des Weingeistfirnisses beruht und mit der Malweise der Brüder van Eyck herzlich wenig zu thun hat.

Damit kehren wir zu den Lebensschicksalen und Werken des Jan van Eyck, der bald nach dem Tode des älteren Bruders der Erbe seines Ruhmes werden sollte, zurück. Hubert war vor Vollendung des Genter Altars, am 18. September 1426 gestorben und in dem Grabgewölbe der Vydtskapelle, die sein einziges Werk barg, beigesetzt worden. Eine alte Legende erzählt, daß man seinen rechten Arm vom Körper getrennt und in einer Art Reliquienschrein über dem Portal der Kirche aufbewahrt habe. Derselbe Schriftsteller, der uns diese Nachricht übermittelt, Marcus van Vaernewyck, teilt in seinem 1568 erschienenen „Spiegel der niederländischen Altertümer" auch die Inschrift des Grabsteins von Hubert mit. Ein in die Wand der Kirche eingelassenes Relief zeigte die Gestalt des Todes, der vor sich eine Kupferplatte mit der Inschrift hielt, die

Abb. 36. Jan van Eyck (?). Jüngstes Gericht. Petersburg. Eremitage. Lwd.: 62:25 cm.

44 Hubert und Jan van Eyck.

aus dem gereimten Altvlämisch ins Deutsche übertragen etwa lautete:

„Nehmet euch ein Beispiel an mir,

heit, Macht und großer Reichtum, alles ist vergebens, wenn der Tod nahet. Hubrecht van Eyck ward ich genannt, jetzt eine

Abb. 37. Petrus Cristus. Verkündigung. Geburt Christi. Jüngstes Gericht.
Berlin. Königl. Gemäldegalerie. Holz: 1,34 : 112 m.

ihr, die ihr vor diesen Stein tretet; ich war, was ihr noch seid, jetzt aber bin ich tot, begraben, unscheinbar; mir half nicht Rat, noch Kunst und Arznei; Ehre, Weis-

Speise den Würmern, einst bekannt und in der Malerei hoch geehrt, bald darauf ward ich in nichts verwandelt. Im Jahre 1426, am 18. September war's, daß ich

Abb. 38. Jan Mabuse (bezeichnet Jan van Eyck). Bischofsweihe des Thomas Beckett
Chatsworth. Sammlung des Duke of Devonshire. Holz: 1,52 : 1,26 m.

meinen Geist aufgab. Ihr Freunde der Kunst, bittet Gott für mich, daß ich sein Angesicht möge schauen, und flieht die Sünde, kehrt euch zum Guten, da ihr mir folgen müßt am Ende euerer Tage."

Jan van Eyck war weltlicher gestimmt als sein Bruder, sein Sinn auf die Freuden des Diesseits, auf die Herrlichkeit der Erde gerichtet, das Jenseits kümmerte ihn nur wenig. Am Hofe Philipps des Sicheren, des Zielbewußten — dieser ältere Beiname kennzeichnet den berechnen-

Abb. 30. Wenzel Hollar. Thomas Beckett.
Radierung nach Jan van Eyck.

den Machthaber weit besser als der von der Nachwelt erfundene: der Gute — fand er alles, was an Genüssen irdischen Daseins seine Zeit zu bieten vermochte, zumal er dem Herzog näher stand als andere seines Ranges. Ward er doch mit intimen Aufträgen von seinem Herrn betraut, die er stets zu dessen Zufriedenheit ausführte. So begleitete er in den Jahren 1428 bis Ende 1429 eine Gesandtschaft, die unter Führung des Herrn von Ronbaix nach Lissabon ging, um im Namen des Herzogs Philipp um Isabella, die Tochter Johanns I. von Portugal, zu werben. Dem Maler war die Aufgabe zugedacht, ein Bildnis der Braut für ihren künftigen Gatten zu fertigen. Der stark sinnlich veranlagte Herzog, der sich zum dritten Male bereits zu verheiraten gedachte und kurz vorher erst vergeblich um die Hand der spanischen Prinzessin Isabella von Aragonien angehalten hatte, war mit Recht begierig, die Reize der schönen Portugiesin, die ihm ein Vertrauter mit begeisterten Worten geschildert, zunächst im Bilde kennen zu lernen, um davon seine endgültige Entscheidung abhängig zu machen.

Am 19. Oktober 1428 schiffte man sich in dem Hafen von Sluys bei Brügge ein und langte erst im Dezember in Lissabon an. Auf dem Schlosse Aviz saß die schöne portugiesische Prinzessin dem Maler zum Porträt, das im Februar dem Herzog Philipp mit dem Entwurf eines Ehekontraktes zugesandt werden konnte. Leider ist dies Werk Jan van Eycks, das später die Regentin der Niederlande, Margarete von Österreich, in ihrer reichen Sammlung zu Mecheln bewahrte, verschollen. Deren Kunstinventare vom Jahre 1516 und 1524 beschreiben es als mittelgroßes Bild, das auf Leinwand ohne Anwendung von Ölfarben, also in Tempera gemalt war. Gerade dieser Umstand läßt das Verschwinden des Gemäldes lebhaft bedauern, da es erhalten sicherlich erwünschten weiteren Aufschluß über die Technik des Jan van Eyck gegeben hätte. Die jugendliche Prinzessin trug — nach portugiesischer Mode gekleidet — ein rotes, mit Marderpelz besetztes Gewand und hielt in der Rechten ein kleines Heiligenbild ihres Schutzpatrons Nikolaus. Ein Bild der Sammlung Abbegg in Mannheim wurde früher als eine Kopie dieser „belle Portugaloise" bezeichnet, von der ein später (1450) gemaltes Porträt sich noch 1521 in der Bildersammlung des Kardinals Grimani zu Venedig befand. Nur schwer vermögen wir uns ihre Züge vorzustellen nach einer stark beschädigten Wandmalerei in dem Fleischhause zu Gent, die, 1448 gemalt, rechts im Vordergrunde die Fürstin in langfaltigem Brokatgewande zeigt, wie sie ihrem Gemahl gegenüber an einem Betpult kniet, während Heilige und Engel um das neugeborene Christkind gruppiert sind. Auch eine niellierte Votivtafel aus dem Jahre 1437 im historischen Museum zu

Abb. 40. Unbekannter Meister. Jacobäa von Bayern.
Kopie nach einem verschollenen Original des Jan van Eyck. Kopenhagen. Nationalgalerie.
Holz: 75 : 41 cm.

Basel (abgebildet bei Förster, Denkmale deutscher Kunst II) gibt wenig Anhaltspunkte wegen ihrer groben Stilisierung der dargestellten Köpfe.

Der Herzog scheint von den Reizen des Porträts nicht gleich auf den ersten Blick bestochen zu sein, denn er ließ seine Gesandten ziemlich lange auf Antwort warten. Endlich, nachdem man zahlreiche Ausflüge im Lande gemacht und unter anderem auch den Wallfahrtsort San Jago di Compostella und die Alhambra besucht hatte, traf die Zustimmung Philipps des Guten ein, und nach damaliger Sitte wurde mittels Stellvertretung die Hochzeit im Juli 1429 vollzogen. Erst im Oktober — so lange zogen sich die Festlichkeiten hin — bestieg die Braut mit ihrem Bruder und den Gesandten des Herzogs die Galere, die an der Spitze einer stattlichen Flottille in See stach, um die portugiesische Fürstin ihrer neuen Heimat zuzuführen. Ein heftiger Seesturm verzögerte die Heimfahrt, so daß schließlich das Schiff der Prinzessin, nur von zwei anderen begleitet, erst am Weihnachtstage des Jahres im Hafen von Sluys einlaufen konnte. Um so reicher war das Gepränge, mit dem der fürstliche Gatte seine junge Frau empfing. Die Bürger Brügges hatten die Stadt aufs festlichste geschmückt und die Deputationen, die das Fürstenpaar begrüßten, wollten kein Ende nehmen. Den Höhepunkt der Feststimmung bezeichnete der 10. Januar 1430, an dem der Herzog den Orden vom goldenen Vließ stiftete. Jan van Eyck erhielt für seine Dienste die Summe von 150 Livres ausgezahlt und ließ sich nunmehr dauernd in Brügge nieder, von wo er nur gelegentlich — wie in den Jahren 1431 und 1435 — Reisen im Auftrage seines Herrn unternahm.

Hat der Aufenthalt Jans in Spanien und Portugal keine nachweisbaren Spuren hinterlassen? Die Geschichte einzelner Bilder seiner Hand führt gelegentlich nach Spanien zurück, wo sie zuerst auftauchen. Dabei dürfen wir aber nicht vergessen, daß dies Land im XV. und XVI. Jahrhundert zahlreiche niederländische Kunstwerke importierte, was bei dem regen Handelsverkehr mit Brügge, Gent und Antwerpen leicht erklärlich scheint. So ist es auch nicht zu verwundern, daß auf der pyrenäischen Halbinsel sich früh schon der stilbildende Einfluß der neuen flandrischen Kunst geltend machte. Am frühesten und lebhaftesten bekundet diesen ein Altarwerk des aus Barcelona stammenden Malers Luis Dalmau in seiner Vaterstadt; es stellt die Madonna, umgeben von Heiligen, Engeln und Stiftern, dar und ist im Jahre 1445, wie eine Inschrift besagt, von fünf Räten der Stadt für die Kapelle des Rathauses gestiftet. Der Aufbau des Ganzen, der Madonnentypus und der Realismus in den übrigen Köpfen und Gestalten sind Eyckischer Kunst aufs nächste verwandt. Die Gruppen der musizierenden Engel zu beiden Seiten der Madonna kann nur jemand geschaffen haben, der die Genter Altarflügel gesehen. Es wäre immerhin möglich, daß der spanische Maler die Brügger Werkstatt Jans besucht hat, wie denn auch Schüler dieser Werkstatt aus den Niederlanden nach Spanien wanderten.

Ein größeres Altarwerk indes, das sich noch heute jenseits der Pyrenäen befindet, weist nachdrücklicher als alles andere auf den dortigen Aufenthalt des burgundischen Hofmalers. Es ist bekannt unter dem Namen „der Brunnen des Lebens" und ziert die an Meisterwerken so überreiche Galerie des Prado zu Madrid, wohin es aus dem Kloster Parral bei Segovia gelangte (Abb. 33). Erfindung und Anordnung erinnern an den Genter Altar; nur ist die Schilderung der himmlischen Herrlichkeit und des Heilsbornes hier in einen architektonischen Rahmen eingeschlossen. Treffend hat man dies Schaugerüst jenen gotischen Kustodien verglichen, die als Monstranzenträger auf den Altären spanischer Kirchen prangen. In drei Stockwerken baut sich die Bühne auf. Oben thront unter zierlichem Tabernakel Gottvater, in Zügen, Haltung und Tracht eine ziemlich genaue Wiederholung der gleichen Figur vom Genter Altar. Wie dort, sitzen auch hier ihm zur Seite die beiden Anwälte der Menschheit Maria und Johannes. Die musizierenden Engel indes haben in dem mittleren Stockwerk zu Füßen des marmornen Thrones auf blumiger Wiese und in zwei turmartigen Flügelbauten Platz gefunden. In der Mitte des Erdgeschosses steht der Brunnen des Lebens, der von einem zu Gottvaters Füßen entspringenden Quell gespeist

Abb. 41. Bonne d'Artois.
Kopie nach einem verschollenen Original Jan van Eycks. Berlin. Königl. Gemäldegalerie.
Holz: 21 : 16 cm.

wird, und sein heilspendendes Wasser mit den darin schwimmenden Hostien in ein achteckiges steinernes Becken leitet. Links von diesem knieen anbetend die Gläubigen, Papst, Kardinal, Bischof, Kaiser, König und Herzog mit ihrem Gefolge, während rechts eine lebhaft bewegte Gruppe die Wirkung der christlichen Heilslehre auf die Ungläubigen veranschaulicht. An ihrer Spitze der Hohepriester der Juden, der sich entsetzt abwendet; seine Augen sind mit einer Binde geschlossen, die geistliche Blindheit des Judentums zu kennzeichnen. Der Schaft der Fahne in seiner Rechten ist gebrochen, während das Wimpel am Kreuzesstab des Papstes stolz im Winde flattert. Vergebens sucht ein Schriftgelehrter ihm die Thorarolle mit den Gesetzen des alten Bundes zuzureichen, klagend faßt ein anderer nach dem herabstürzenden Wahrzeichen alter Glaubensmacht. Entsetzen und Verzweiflung verzerrt die Gesichter der alttestamentarischen Sippe. Jener aus Kirchenschauspielen des Mittelalters wohlbekannte Widerstreit zwischen Kirche und Synagoge erlebt hier seine malerische Wiedergeburt. Die tiefsinnige Verknüpfung dieser Scene mit dem Heilswunder der christlichen Lehre, der ganze dogmatische Apparat lassen uns bei diesem merkwürdigen Bilde an einen vornehmen spanischen Auftraggeber denken, und die Vermutung, daß Jan van Eyck bei seiner Anwesenheit in Valladolid eine solche Komposition für den König Juan II.

ausgeführt habe, hat viel Verlockendes. Nun besteht aber zunächst unter Kennern der altniederländischen Schule kein Zweifel, daß das jetzt im Prado befindliche Bild bestenfalls nur Kopie eines Originals ist, das noch im XVIII. Jahrhundert in Valencia gesehen wurde, heute aber für verschollen gilt, eine Kopie, wie deren nach altem Zeugnis mehrere existiert haben, wie auch eine in unserem Jahrhundert noch im Pariser Kunsthandel auftauchte. Des weiteren aber scheint mir keineswegs erwiesen, daß das Urbild notwendigerweise von der Hand Jan van Eycks herrührt. Übereifrige Verteidiger der Echtheit haben sogar die Bildnisse Huberts und Jans im Gefolge der geistlichen und weltlichen Fürsten auf der linken Seite entdecken wollen. Hat hier eine oberflächliche Ähnlichkeit mit den Selbstbildnissen im Genter Altar zu allzu voreiligen Schlüssen verleitet, so wollen andere unleugbare Anklänge an Eyckische Formsprache mit um so größerer Vorsicht aufgenommen sein. Soweit die Photographie ein Urteil ermöglicht, glaube ich vielmehr zahlreiche Anzeichen zu entdecken, daß ein Schüler Jans, Petrus Cristus, hier ein Werk geschaffen hat, in dem er, wie öfter, der Kunstweise seines Meisters ungemein nahe kam. Die näheren Gründe dieser Vermutung erheischen indes eine Nachprüfung vor dem Original, die mir bisher nicht vergönnt war.

Gleiche Zurückhaltung legt uns auch ein im Besitz des englischen Kunstsammlers Sir Francis Coot in Richmond befindliches Bildchen auf, das die heiligen Frauen am Grabe Christi nach dessen Auferstehung darstellt (Abb. 34). Wer in dem „Brunnen des Lebens" die genaue Kopie eines Eyckischen Originals sieht, wird gern bereit sein, auch dies Werk dem Meister zuzuschreiben. Die Beziehungen sind so eng, daß man sogar die Entstehung beider Bilder in die gleiche Zeit setzen möchte. In beiden klingt vieles nach, was uns im Genter Altar entzückte: aber der Ton ist schwächer geworden, an Stelle der machtvollen geschlossenen Accorde vernehmen wir zierliche, um nicht zu sagen, kleinliche Fiorituren. Wie wenig glücklich ist z. B. die landschaftliche Perspektive, die sich hinter dem Grabe Christi auftut! Hat dies wirre Architekturbild des Hintergrundes, das uns wie die Schilderung eines Erdbebens anmutet, derselbe Meister geschaffen, der in der Anbetung des Lammes die Massen so wohl zu fügen versteht? Sollte dieselbe Hand, die den herrlichen Baumkronen, in deren Schatten die Pilger heranziehen, so viel Leben zu leihen weiß, hier zum Spitzpinsel gegriffen haben, um in ängstlichen Tupfen Lichter und Schatten zu trennen? Man könnte die Erklärung dafür suchen in der Unsicherheit des Anfängers, dessen Kräfte erst an der größeren Aufgabe erstarkten; aber dem steht entgegen, daß Jan van Eyck, soviel wir aus seinen datierten Werken erkennen, eher den umgekehrten Weg von breiterer Formengebung zu immer subtilerer Durchführung machte. So mannigfach und stark die Bedenken bei diesem Bild, so eng ist seine Verwandtschaft mit dem „Brunnen des Lebens". Man vergleiche die Typen der schlafenden Grabeswächter, der Frauen und des Engels mit den Gestalten des Madrider Altarwerkes, die leidenschaftliche Gebärde der knieenden Frau mit den erregten Gesten der Juden dort, und man wird zahlreiche Anklänge entdecken. Gleichwohl geht es nicht an, ohne weiteres — wie unlängst geschehen — beide Bilder als Werke ein und desselben Malers zu bezeichnen, von dem noch eine ganze Reihe anderer an Eyck und Roger van der Weyden anklingender Arbeiten aus der ersten Hälfte des XV. Jahrhunderts herrühren sollen.

Ein Stifterwappen auf dem Bilde in Richmond scheint auf eine sichere Spur zu führen; es ist auf der Steinplatte rechts im Vordergrunde angebracht und durch einen Sparren in drei Felder geteilt, deren jedes von einer Muschel geschmückt wird. Das Schild wird von einer Ordenskette mit einem leider nicht mehr deutlich erkennbaren Kleinod umrahmt. Die Form der durch sechs Pilgermuscheln gegliederten Ordenskette läßt uns die Wahl zwischen dem spanischen Ritterorden des heiligen Jakob mit dem Schwert und dem französischen Orden des heiligen Michael. Der Besteller des Bildes muß also — nach den Bräuchen der Zeit zu schließen — ein Ritter des einen oder anderen Ordens gewesen sein. Da der Michaelsorden erst 1469 von Ludwig XI. gestiftet wurde,

Abb. 42. Jan van Eyck. Madonna. Incehall. Sammlung Weld-Blundell.
Holz: 22 : 15 cm.

unser Bild aber zweifellos früher entstanden ist, so dürfen wir wohl nur auf einen Jakobsritter raten. Die drei Pilgermuscheln führte im Wappen, wer eine große Wallfahrt gemacht. Zahlreiche Ka- valiere des burgundischen Hofes hatten in den Jahren 1432—1433 unter Führung des Franzosen Bertrandon de la Brocquière eine Pilgerreise nach dem Heiligen Grabe zu Jerusalem unternommen und dem Herzog

Abb. 43. Jan van Eyck. Männliches Bildnis.
London. Nationalgalerie. Holz; 33 : 16 cm.
(Nach einer Originalphotographie von Braun, Clément & Cie. in Dornach
i. E. und Paris.)

so thaten es die Brüder Pierre und Jacques Adornes im Jahre 1427 zu Brügge, indem sie mit dieser Stiftung zugleich ein Armenhaus begründeten. Für solche Kapelle gab es nicht leicht einen passenderen Schmuck als eine Darstellung des Heiligen Grabes selbst; und unser Bild dürfte wohl für eine ähnliche Stelle bestimmt gewesen sein, zumal auch der Hintergrund mit den Tempelbauten Jerusalems deutlich verrät, daß der Maler hier mehr Deutlichkeit der Einzelschilderung als künstlerische Haltung erstrebte. Das Wappen mit den drei Pilgermuscheln aber führte auch die Familie Honyn in Brügge, die den Adornes verschwägert war.

Alle diese Ermittelungen führen nach Brügge und damit in die Nähe der Brüder van Eyck, ohne daß sich doch urkundliche Stützen für die Behauptung ergäben, Jan van Eyck habe das Bild gemalt.

Ebenso bleiben Zweifel bestehen bei einem Altarwerk, das neuerdings von hervorragenden Gewährsmännern mit aller Bestimmtheit als Arbeit unseres Meisters bezeichnet wurde, während man es früher Jans Schüler Petrus Cristus zuschrieb.

In der ersten Hälfte unseres Jahrhunderts erwarb der russische Gesandte Tatistscheff in Madrid einen Flügelaltar, dessen Mittelbild die Anbetung der Könige darstellte, auf den Flügeln die Kreuzigung Christi und das Jüngste Gericht. Das Mittelbild wurde dem Besitzer entwendet und ist bis heute nicht wieder aufgetaucht, die beiden Seitenteile dagegen gelangten 1845 in die kaiserliche Gemäldegalerie der Eremitage zu Petersburg, wo man sie von ihrem ursprünglichen Holzgrunde auf Leinwand übertrug (Abb. 35 u. 36).

Philipp, der sich lebhaft dafür interessierte und wiederholt einen Kreuzzug in das gelobte Land plante, einen ausführlichen Bericht eingereicht. Wer nun erfüllt von den Eindrücken der weiten und gefahrvollen Fahrt und von dem Gefühl, sein Seelenheil durch ein Gebet am Grabe des Erlösers sich gesichert zu haben, heimkehrte, mochte gern ein äußeres Andenken an dies wichtige Ereignis seines Lebens stiften. Zuweilen errichtete man in der Heimat eine Kapelle in Form des Heiligen Grabes — Figurenreiche Kompositionen versinnlichen die tiefste Erniedrigung Christi und sein Weltrichteramt: um die drei Kreuze des Kalvarienberges, von dem man auf die Türme Jerusalems und die hohen Schneefirnen des Hintergrundes blickt, drängt sich eine dichte Reiterschar auf Rossen, deren Gestalt und Geschirr aufs lebhafteste die Erinnerung an die Streiterflügel des Genter Altars wachrufen. Longinus durchbohrt mit seiner Lanze die rechte Seite des Erlösers, während ein anderer Kriegsknecht ihm den in Essig getauchten Schwamm zur letzten Labung emporreicht. Den Vordergrund nimmt die Gruppe der in Johannis Armen zusammenbrechenden Maria mit den klagenden Frauen ein, rechts kniet Maria Magdalena händeringend auf dem steinigen Boden. Ihr zur Seite steht eine weibliche Gestalt, anscheinend in geistlicher Tracht, die merkwürdig wenig Erregung bekundet und deren Gesichtszüge durch individuelle Schärfe auffallen. Hat man doch in ihr die Schwester der Brüder van Eyck, Margarete, erkennen wollen, wie man zwei der Reiter am Fuß des Kreuzes jedenfalls mit besserem Recht für Bildnisse Huberts und Jans ausgibt, als die beiden Gestalten im Gefolge des Papstes auf dem „Brunnen des Lebens".

Der rechte Flügel zeigt uns Christus auf dem Regenbogen thronend, umgeben von Posaunenengeln, die zum jüngsten Gericht blasen. Er hat beide Hände halb erhoben, seine Wundmale der Menschheit zu zeigen, aus dem klaffenden Riß an seiner rechten Seite fließt Blut. Maria und Johannes knieen, Gnade für die Sünder erflehend, zu seinen Füßen, wo sich auch der feierliche Gerichtshof der zwölf weiß gekleideten Sendboten niedergelassen hat, inmitten der dicht gedrängten Schar derer, die ewige Seligkeit vom höchsten Richter erlangt haben. Auch hier ist wieder, wie im Genter Altar, Welt-

lichkeit und Geistlichkeit geschieden. Zwei Engel schicken sich an, ihre Klienten dem Richterkollegium vorzuführen. Die untere Hälfte des Bildes zeigt uns die Toten, die aus dem Schoß der Erde und vom Grunde des Meeres auferstehen, um sich der Gemeinschaft der Seligen anzuschließen. Verderben und ewige Verdammnis aber droht den Sündern unter den ausgebreiteten Flügeln des Todes, auf denen in prunkender Rüstung mit Schild und Schwert der Erzengel Michael Posto gefaßt hat: wild überschlagen sich ihre Leiber und stürzen in wüstem Wirrsal zum Höllenrachen hinab. Wie in vielen spätmittelalterlichen Darstellungen des jüngsten Tages sieht man unter den Verdammten geistliche Würdenträger, Bischöfe, Kardinäle und Mönche. So unklar dieser Teil des Bildes, so dämonisch groß ist die Gestalt des Todes mit ihren Fledermaus-

Abb. 44. Jan van Eyck (?). Männliches Bildnis. Silberstiftzeichnung. Berlin. Königl. Kupferstichkabinett. 21 : 14 cm.

flügeln, so ernst und ehrfurchtgebietend der jugendliche Engel Michael auf seinen Schultern. Auch in der Kreuzigung begegnen uns Einzelheiten von meisterlicher Kraft. In der zusammengesunkenen Maria, der händeringenden Magdalena kommt die höchste Leidenschaft des Schmerzes mit so packender Gewalt zum Ausdruck, wie in kaum einem zweiten Werk des Jahrhunderts. Auch unter den Arbeiten des Jan van Eyck suchen wir vergebens nach Vergleichen. Daß die Reiter auf dem linken Flügelbilde ebenso wie die Heiligen und Engel des jüngsten Gerichts ihre nächsten Sippgenossen im Genter Altar finden, hilft uns nicht über die Kluft zwischen beiden Werken hinweg. Der Maler der Petersburger Flügel ist ein Miniaturmaler von lebhaftem Geist und Temperament. Er gefällt sich in zierlicher Sauberkeit bei Ausführung des Stofflichen, in übertriebener, verzerrter Darstellung der Affekte — dafür gibt namentlich das Mienenspiel der Köpfe im

Abb. 45. Jan van Eyck. Männliches Bildnis. Silberstiftzeichnung. Paris. Louvre. 12:9 cm.

Kreuzigungsbild und der Sturz der Verdammten Belege — Raumsinn und Gefühl für Gliederung und Aufbau der Massen dagegen sind ihm völlig versagt. Er vermag sich von der feinen und geistreichlebendigen Schilderung des Einzelnen nicht zu geschlossener Bildwirkung zu erheben. Jan van Eyck dagegen erscheint in seinen beglaubigten Werken stets nüchtern-überlegt, jeder Überschwang des Gefühls liegt ihm fern; komplizierte Komposition vermeidet er zwar nach Möglichkeit, wo sie aber gefordert wird, wie in den Flügelbildern des Genter Altars, überrascht uns die Sicherheit, mit der er sie beherrscht.

Arbeit seiner 1426 bereits verstorbenen Schwester Margarete, deren künstlerische Begabung bisher nur durch litterarische Zeugnisse beglaubigt ist, vorläge, würde die Widersprüche und Zweifel vielleicht bis zu besserer Lösung am ehesten beschwichtigen,

Abb. 46. Jan van Eyck. Männliches Bildnis.
Hermannstadt. Galerie des evangelischen Gymnasiums. Holz: 21 : 15 cm.

Die marionettenhafte Zierlichkeit, die die Figuren der Petersburger Flügel kennzeichnet, unterscheidet sie scharf von den natürlich bewegten Gestalten unseres Meisters. Der Typus des Christus, der Maria und des Johannes, alles will uns fremd dünken. Die Annahme, daß auch hier etwa ein Jugendwerk Jans oder eine

ohne daß wir irgend welche Sicherheit dafür eintauschen. Vorläufig zählen wir deshalb die Petersburger Bilder wie das ihnen eng verwandte in Richmond zu den ungelösten Rätseln, an denen die Geschichte der altflandrischen Malerschule noch immer reich ist. Daß die Darstellung früh schon Beachtung fand, beweist der Umstand, daß im Jahre 1452 Petrus Cristus die Komposition des jüngsten Gerichts für ein Bild als Vorlage benutzte, das sich heute in der Berliner Galerie befindet. Die hölzerne Steifheit und Härte der Kopie (Abb. 37) stellt erst die Bedeutung des Originals ins rechte Licht. Bemerkt sei, daß auch diese freie, aber unverkennbare Nachbildung aus einer spanischen Kirche, der Kathedrale in Burgos, stammt.

Damit ist alles erschöpft, was an eine Anwesenheit des Jan van Eyck in Spanien und Portugal erinnern könnte.

Bald nach der Rückkehr in die Heimat wird er sich wohl auch in seinem 1432 erworbenen Hause gegenüber dem Schottinnenthor einen eigenen Herd gegründet haben, denn im folgenden Jahre hören wir bereits von der Taufe seines ersten Kindes, dem der Herzog Philipp als Pate sechs silberne Tassen zum Geschenk machte. Jans Gattin, die wir nur aus einem sieben Jahre später gemalten Bildnis kennen, zählte damals 22 Jahre, während er in der Blüte des Mannesalters stand. Nach Vollendung des großen Genter Altars liefen zahlreiche Aufträge in seiner Werkstatt ein. Besonders war es das herzogliche Paar, das ihm dauernd seine Gunst bewahrte. Dank der Gewissenhaftigkeit, mit der der Meister seine Bilder zu datieren pflegte, können wir einige Werke aus dieser ersten Zeit seiner Ehe namhaft machen. Freilich, wenn Bilderinschriften unbedingter Glaube beigemessen werden dürfte, besäßen wir bereits aus früherer Zeit einige Zeugnisse von Jans Kunst. So steht auf der Einfassung eines Gemäldes in der Sammlung des Herzogs von Devonshire in Chatsworth, das die Bischofsweihe des englischen Kanzlers Thomas Becket darstellt, eine Inschrift, die deutlich besagt, daß Johannes de Eyck dies Bild am 30. Oktober 1421 vollendet habe (Abb. 38). Der Charakter des Bildes widerspricht nicht nur dieser Datierung, sondern auch der Zuschreibung an unseren Meister durchaus. König Heinrich II., als Teilnehmer der Feierlichkeit rechts im Vordergrunde dargestellt, trägt die Züge Heinrichs VII., der im Jahre 1456 geboren ist und erst 1485 den Thron Englands bestieg. Am Ende des XV. oder am Anfang des XVI. Jahrhunderts kann demnach das Gemälde frühestens entstanden sein, und bei näherer Prüfung erweist sich denn auch die Aufschrift als späterer Zusatz, der einer Übermalung des umrahmenden Architekturbogens seine Entstehung verdankt. Die frühen Bilder des Jan Mabuse zeigen so große Verwandtschaft mit diesem falschen van Eyck, daß man mit vollem Recht neuerdings diesem Antwerpener Meister die Autorschaft zugesprochen hat. Den Fälscher der Inschrift mochte die Überlieferung leiten, daß Jan van Eyck ein Bild des unglücklichen englischen Erzbischofs, der 1170 am Altar seiner Kathedrale zu Canterbury von Mörderhand erschlagen und zwei Jahre später vom Papst heilig gesprochen war, gemalt habe. Wenigstens bis in das XVII. Jahrhundert können wir diese Überlieferung in England zurückverfolgen, wo der böhmische Kupferstecher Wenzel Hollar ein Bildnis des Thomas Beckett radierte, das seinem Besitzer, dem bekannten Kunstsammler Graf Thomas Arundel, als ein Werk van Eycks galt. Leider ist das Original verloren, und auch die Radierung zählt zu den Seltenheiten des Kunstmarktes (Abb. 39).

In Stichen und Kopien haben sich auch noch andere Porträts erhalten, die Jan van Eyck, wenn überhaupt, im Anfang der zwanziger Jahre gemalt haben müßte. So das Brustbild des Vaters von Philipp dem Guten „Jean sans Peur" († 1419), das Nicolas de Larmessin gestochen hat, und die Halbfigur der Herzogin Jacobäa von Bayern, die in einer Kopie aus der Mitte des XVI. Jahrhunderts in der Galerie zu Kopenhagen auf uns gekommen ist (Abb. 40). Jacobäa war die Nichte Johanns von Bayern, jenes Bischofs von Lüttich, in dessen Dienst Jan van Eyck während der Jahre 1422 und 1423 im Haag als Hofmaler beschäftigt war; in jener Zeit mag also das Original des Kopenhagener Bildes entstanden sein.

Die Fürstin trägt nach burgundischer Hofsitte eine an beiden Schläfen abstehende sogenannte Hornhaube, die, mit reichem Edelgestein besetzt, das Haar völlig versteckt, darüber ein durchsichtiges, lose aufliegendes Kopftuch. Breite Hermelinaufschläge am Halse und den weiten Ärmeln des Obergewandes kennzeichnen die Dame von edlem Geblüt; die anliegenden Ärmel des Unterkleides zeigen das weißblaue

Abb. 47. Jan van Eyck. Männliches Bildnis.
London. Nationalgalerie. Holz: 26 : 18 cm.
(Nach einer Originalphotographie von Braun, Clément & Cie. in Dornach i. E. und Paris.)

Rautenmuster des Wittelsbacher Wappens, so daß wir auch ohne Beischrift in der Dargestellten eine bayerische Prinzessin vermuten würden, deren Identifizierung überdies ein älteres Bildnis des Rycksmuseums in Amsterdam mit der Aufschrift: „vrau Jacoba" erleichtert. Vergleichen wir die Bildung der Gesichtsformen, den etwas gekniffenen Mund, die kleinen Augen, die Modellierung des Halses mit dem Stifterbildnis der Isabella Bydts am Genter Altar und dem später zu erwähnenden Porträt der Gattin Jan van Eycks (Abb. 67), so treffen wir auf zahlreiche verwandte Züge, die selbst in der künstlerisch minderwertigen Kopie noch nicht ganz verwischt sind. Nur die etwas affektierte Haltung der Hände — die Rechte hält in gespreizten Fingern eine Nelke — dürfen wir dem Kopisten aus der Richtung des Massys anrechnen.

Auch ein Porträt der zweiten Gemahlin Philipp des Guten, der Bonne d'Artois, von dem die Berliner Galerie eine späte Kopie besitzt (Abb. 41), muß, wenn man die Inschrift: „Dame Bonne D'artois la duchesse de Borgougne" nicht als willkürlichen Zusatz des Kopisten ansehen will, zu den frühesten Arbeiten Jan van Eycks gezählt werden, da die genannte Fürstin bereits ein Jahr nach ihrer Vermählung (1425) das Zeitliche segnete. Daß dem Berliner Bildchen ein Original unseres Meisters zu Grunde liegt, verraten die durchaus seine Manier kennzeichnenden Gesichtsformen und der ganze Habitus der Gestalt, die dem 1434 gemalten Porträt der Gattin Giovanni Arnolfinis (Abb. 50) so verblüffend ähnlich sehen, daß man fast Verdacht schöpfen könnte, diese Arbeit Jans sei hier als Grundlage einer Fälschung benutzt. Immerhin bleibt auch die Möglichkeit offen, daß ein authentisches Porträt der Bonne d'Artois in gutem Glauben nachgebildet ist, das dann kaum nach dem Jahre 1425 gemalt sein dürfte.

Aus dem Dunkel so undeutlicher Anfänge tritt die Kunst Jan van Eycks erst mit Vollendung des Genter Altarwerkes im Jahre 1432 hervor. Aus diesem selben Jahre besitzen wir zwei datierte Werke seiner Hand, beide in englischem Besitz. Ein Madonnenbildchen in der Sammlung Weld-Blundell auf Ince Hall bei Liverpool trägt die Bezeichnung: Completum anno domini 1432 per Johannem de Eyck Brugis und die Devise des Malers in flämischer Sprache: als ikh kan, d. h. so gut ich es vermag (Abb. 42). Dieser Wahlspruch, der uns fortan häufiger auf Jans Bildern begegnet, will sagen, daß er seine ganze Kraft, sein ganzes Können an die Arbeit setzte, um sie in allen Teilen vollkommen zu gestalten. Ein altenglisches Sprichwort lautet: As I can, but not as I will, sinnverwandt dem Deutschen: „Ein Schelm gibt mehr, als er hat", und die darin liegende Bescheidenheit war auch Jans Meinung. Er hätte indes auch stolz betonen dürfen: So gut, wie nur ich es vermag, denn die Schöpfungen, die das Merkwort tragen, sind zweifellos die höchst vollendeten ihrer Zeit. Freilich hat man just vor der Madonna von Ince Hall Bedenken erhoben, welche die sonst bei Werken des Meisters ungewöhnliche Flüchtigkeit im Beiwerk erregt. Die Anordnung des Ganzen jedoch, das liebenswürdige Kind, das, auf dem Schoß der Mutter sitzend, in einem Gebetbuch blättert, der Typus der Madonna mit den über die Schultern herabfallenden Haarsträhnen und schließlich die warm leuchtende Färbung sprechen durchaus zu Gunsten der Inschrift, die sich überdies in ganz gleicher Anordnung auf einer alten Kopie des Bildes (ehemals in Palermo) befindet. Der kleine Maßstab der Gestalten, den Jan van Eyck nur selten verläßt, gibt ihm Gelegenheit, miniaturartige Feinheit der Technik mit jener anheimelnden Intimität der Auffassung zu verbinden, die in so merklichem Gegensatz steht zu der feierlich-kirchlichen Stimmung aller gleichzeitigen Kunst. Nicht Altarbilder, zu denen die andächtige Gemeinde in scheuer Ehrfurcht emporblickt, nicht große Schaustücke, die überirdische Herrlichkeit mit Aufwand glänzender Mittel dem Frommen zu Gemüte führen, sondern Gegenstände stiller Privatandacht, die in der Hauskapelle oder im Wohngemach ihren Platz fanden, schuf er am liebsten. Die Hingebung, mit der sich der Maler in diese Aufgabe versenkte, verlangen seine Bilder auch vom Beschauer: sie wird belohnt durch reichen Genuß. — Ein Blick umspannt die ganze Komposition seines Madonnenbildchens, aber erst bei dem schrittweisen Eindringen in all die vielen liebevoll erdachten und ausgeführten Einzelheiten erschließt sich uns die innige Empfindung, die den Schaffenden bei seiner Arbeit beseelte: sorglich hat er unter die Füße der Gottesmutter einen wärmenden, farbenstrahlenden Teppich gebreitet, in prächtigem Brokatmuster leuchtet das Gewebe, das von einem schützenden Baldachin hinter dem Rücken der Jungfrau zur Ruhebank herabfällt. Über dem blauen, am Halsausschnitt mit Juwelen geschmückten und hoch gegürteten Untergewand trägt Maria einen roten Mantel, der sich weithin am Fußboden ausbreitet. All die schönen Farben zu rechtem Glanz zu bringen und dem traulichen Innenraum Wärme zu verleihen, dringt das Sonnenlicht durch ein Fenster an der linken Seite des engen Gemachs. Da leuchten die Orangen am Fensterbord, glitzert das Wasser in dem Glasgefäß, blinkt der messingene Hausrat und das Schlüsselbund am eichenen Schrein. Selbstvergessen blickt die Mutter hinab auf das miniaturengeschmückte Brevier, in dem der Knabe, neugierig lugend, blättert, während sie es mit beiden Händen hält, damit es nicht von den Knieen des Kleinen hinabrutsche. Dessen Spiellust nachgebend hat sie ihre Lektüre unterbrochen, aber den Zeigefinger der Linken zwischen die Blätter

Abb. 18. Jan van Eyck. Der Mann mit den Nelken.
Berlin. Königl. Gemäldegalerie. Holz: 40 : 31 cm.
(Nach einer Originalphotographie von Braun, Clément & Cie. in Dornach i. E. und Paris.)

gelegt, um später in ihrer Andachtsübung fortzufahren.

So bürgerlich schlicht, so rein menschlich mutet das alles an, daß ein Heiligenschein hier wenig am Platze wäre. Dieses alt hergebrachte Attribut hat der Maler denn auch, wie bei all seinen Madonnen, in richtigem Gefühl weggelassen. Er fühlt sich als Weltkind, sinnliche Wahrnehmung ist die einzige lautere Quelle, aus der er als Künstler schöpft. Schwer nur findet man die Brücke, die von der strengen scholastischen Würde der Genter Himmelsglorie zu so beweglicher Naturfreude führt. Bei Vollendung des großen Bilderkreises hatte Jan offenbar sein bestes Streben eingesetzt; was ihn herrlich und prunkvoll dünkte, sollte dem groß angelegten Werke des Bruders nicht fehlen. Mehr und mehr kam er dabei wohl zu der Überzeugung, daß seine Begabung auf wesentlich andere Aufgaben hindränge, als das Entwerfen großer Kompositionen. Gerade das Bemühen, dem Begonnenen den letzten Schliff zu geben, mußte ihn zu der technischen Subtilität führen, in der fortan sein Denken und Wollen ganz aufging.

Die meisterhaften Stifterbildnisse des Jodocus und der Isabella Bydts reizten bald eifrige Bewunderer zu neuen Porträtaufträgen. So vollendete Jan van Eyck am 10. Oktober 1432, wie die Inschrift besagt, das Brustbild eines Gelehrten, das um die Mitte unseres Jahrhunderts im Münchener Kunsthandel auftauchte und bald in die Londoner Nationalgalerie gelangte (Abb. 43). Leider verrät die auf einer gemalten Brüstung angebrachte Aufschrift uns nur den Wahl- oder Wappenspruch des Dargestellten: Leal Souvenir, das heißt etwa: aufrichtiges Gedenken, nicht aber seinen Namen, denn die in griechischen Schriftzeichen über der Devise stehenden Worte, die man willkürlich in eines: Tymotheos zusammengezogen hat, sind wohl kaum als solcher aufzufassen. Den Gelehrten kennzeichnet die Schriftrolle in der Rechten; die Züge des bartlosen Kopfes, den eine grüne Sendelbinde mit lang auf den roten Rock herabfallenden Stoffenden bedeckt, sind unschön; aufgeworfene Nase, wulstige Lippen, vorstehende Backenknochen und ein stark ausgebildetes Kinn: das sind die hervorstechenden Formen, denen erst das fest und ruhig unter gefurchter Stirn hervorblickende Auge den Ausdruck geistiger Überlegenheit gibt. Daß es der Persönlichkeit nicht an Ansehen mangelte, beweist das Vorkommen mehrerer Kopien dieses Porträts. Freilich mochte auch die künstlerische Leistung Jan van Eycks die Nachahmer reizen. Aufs sorgfältigste sind die Farben vertrieben, das satte Rot und Grün der Kleidung hebt sich leuchtend vom dunklen Hintergrunde ab, Ohr und Hand meisterhaft durchgebildet. Aus jedem Pinselzuge spricht die Devise: als ich kann, und in der Treue der Wiedergabe bewahrheitet sich auch der Sinnspruch: Leal souvenir.

Recht nahe steht diesem Gelehrtenbildnis eine Silberstiftzeichnung, die das Berliner Kupferstichkabinett vor kurzem erwarb (Abb. 44). Auch sie stellt einen bartlosen jüngeren Mann von vollen fleischigen Formen dar, dessen Haar von einer turbanartigen Kopfbedeckung ganz versteckt wird. Die schmalen, steil abfallenden Schultern begegneten uns bereits bei dem vorigen Porträt, das Motiv der rechten Hand, die einen Ring hält — ihre feine Modellierung bürgt allein schon für die Meisterschaft des Urhebers — lehrt in anderen Bildnissen Jans wieder und scheint anzudeuten, daß diese zur Brautgabe bestimmt waren. Wäre die Zeichnung nicht gar so arg beschädigt und durch spätere Überzeichnung entstellt, so würde ihre Zuschreibung an den größten niederländischen Porträtmaler des XV. Jahrhunderts wohl kaum einem Einwand begegnen; der gegenwärtige Zustand indes verbietet zunächst jedes abschließende Urteil. Auch hier bleiben wir über die Person des Dargestellten im Unklaren, da der auf der Rückseite des Blattes genannte Dichter Adolphus Hillarius wohl nur als der ehemalige Besitzer der Zeichnung betrachtet werden darf und sich bisher nicht weiter identifizieren ließ.

Stolze, zielbewußte Kraft spricht aus den Zügen eines Porträtkopfes in Silberstiftzeichnung, der — leider auch stark überarbeitet — in der Sammlung des Louvre aufbewahrt wird (Abb. 45). Die fest geschlossenen Lippen, die gekrausten Brauen und der lebhafte Blick des Auges geben ein Charakterbild von faszinierender Schärfe und Lebendigkeit. Den festen und sicheren Strich der ursprünglichen Zeichnung erkennt man noch deutlich unter den späteren Schraffierungen und Nachbesserungen, die geübten Blick sich bald als ein Werk Eycks zu erkennen gab (Abb. 46). Die Zeichnung ist hier etwas bestimmter, als in den bisher betrachteten Bildern, aber Auffassung und

Abb. 49. Meister der heiligen Sippe. Anbetung der Könige.
Privatbesitz. Westfalen.

der Meisterleistung Jan van Eycks nichts anhaben konnten.

Vor wenigen Jahren erst entdeckte ein österreichischer Forscher in der Galerie zu Hermannstadt ein kleines Männerporträt, das zwar das Monogramm Albrecht Dürers und die Jahreszahl 1497 trug, aber dem Arrangement, sowie das warm leuchtende Kolorit erhärten die Zugehörigkeit dieses Porträts zu der beschriebenen Gruppe aufs unzweideutigste. Die blaue Sendelbinde allein würde schon genügen, die Jahreszahl 1497 als Fälschung zu entlarven, da diese Tracht am Ende des XV. Jahrhunderts längst dem Barettschmuck gewichen war. Der jugendliche Kopf, auf dessen Lippen und Wangen Bartstoppeln sich zeigen, ist von auffallend melancholischem Ausdruck, und doch finden wir für den Ring in seiner Hand keine andere Erklärung, wie bei der Berliner Zeichnung: daß der Dargestellte auf Freiersfüßen ging. Solche Erklärung entspricht am ehesten der Anschauung einer Zeit, die weit mehr als die unsere auf Sinnfälligkeit der Formen Gewicht legte. Auch war damals das Bildnis eines Privatmannes etwas so Ungewöhnliches, seine Ausführung so kostspielig, daß man ohne besondere äußere Veranlassung wohl nicht den Maler bemühte.

Ein ebenfalls unbezeichneter Männerkopf, den die Königliche Gemäldegalerie zu Berlin unlängst erwarb, und der vielleicht nur einen Ausschnitt aus einem größeren Gemälde darstellt, läßt sich diesen Bildnissen aus dem Anfang der dreißiger Jahre am besten anreihen, da auch er jene weichen, lymphatischen Formen zeigt, die uns von einzelnen Köpfen der Anbetung des Lammes her in guter Erinnerung sind.

Etwas festeren Boden betreten wir, wenn wir das am 21. Oktober 1433 vollendete Männerbildnis der Londoner Nationalgalerie betrachten (Abb. 47). Es trägt auf seinem alten Rahmen neben der genauen Tatierung die Namensinschrift des Malers und seinen Wahlspruch. Seine Geschichte läßt sich bis in das XVII. Jahrhundert zurückverfolgen, wo es die Galerie des Thomas Arundel schmückte. Ein Kopf von fein durchgebildeter Form, etwa der eines Sechzigers, dessen Wesen durch reiche Erfahrungen Ruhe und Klarheit gewonnen hat. Scharf blicken die lebendigen Augen zur Seite, ihren Besitzer vermag nichts zu überraschen; die fest geschlossenen schmalen Lippen werden sich niemals zu einem unüberlegten Worte aufthun. Wir haben es offenbar mit einem jener reichen flandrischen Handelsherren zu thun, die viel von der Welt gesehen, deren Urteil stets gelenkt ist von kühler kaufmännischer Berechnung und die gelernt haben, ihr leidenschaftliches Empfinden zu zügeln oder doch unter der Maske der Gelassenheit zu verbergen. Die Mühen des Erwerbes, die Aufregungen der Spekulation haben ihre Furchen in das Antlitz gegraben, aber nicht den Nacken des Alten zu beugen vermocht. Mit einer gewissen herausfordernden Keckheit ist der rote Turban um den Kopf geschlungen; der Pelzkragen des dunklen Rockes umrahmt die unteren Teile des Gesichtes, das in warmrötlichem Fleischton leuchtet. Wunderbar ist Jan van Eyck besonders die Modellierung der beschatteten linken Wange gelungen, deren einzelne Hebungen und Vertiefungen nicht minder deutlich hervortreten, wie das Geäder an den Schläfen, die Hautfältchen der Augenlider und über der Nasenwurzel, ohne daß der Eindruck pulsierenden Lebens durch kleinliche plastische Härte beeinträchtigt wird.

Diese Klippe der Feinmalerei ist minder glücklich vermieden in dem berühmten „Mann mit den Nelken" der Berliner Galerie (Abb. 48), der zwar nicht datiert und bezeichnet, aber wohl auch in gleicher Zeit entstanden und so oft als das höchste Wunder künstlerischer Naturwahrheit gepriesen ist. Das Modell mag dem Maler Schwierigkeiten gemacht haben; aus Haltung und Ausdruck liest man etwas von nervöser Ungeduld heraus, die den bejahrten Herrn wohl überkam, als er sich der hochnotpeinlichen Operation des Porträtiertwerdens unterzog. Krampfhaft gespannt sind die Gesichtsmuskeln, krampfhaft auch die Haltung der über den Bildrand erhobenen Hände; das Ende der Sitzung muß ihm als Erlösung erschienen sein. Aber unbarmherzig lange hat ihn der Maler darauf warten lassen, den es reizte, alle Schrumpfungen der Epidermis, das ganze Gerinnsel der Runzeln mit mikroskopischer Schärfe im Bilde festzuhalten. Und der verwitterte Charakterkopf mit seiner faltigen, gebräunten Pergamenthaut fordert zu solchem Beginnen geradezu heraus. Wir glauben ihn zu kennen, ihm irgendwo begegnet zu sein, seine dummschlaue Küsterphysiognomie hat etwas, das immer wieder unsere Erinnerung anruft. Und doch wissen wir nichts von ihm, als das, was das Bild aussagt, nämlich daß er einer wohlthätigen Zwecken geweihten Antoniusbrüderschaft angehörte, deren Abzeichen, ein kleines Kreuz und Bettlerglöckchen, an gedrehter Silberkette auf seiner Brust prangt; daß er hoch an Jahren, wenngleich noch voll Spannkraft und im

Abb. 50. Jan van Eyck. Giovanni Arnolfini und Frau.
London. Nationalgalerie. Holz: 81:73 cm.
(Nach einer Originalphotographie von Braun, Clément & Cie. in Dornach i. E. und Paris.)

Besitz gesunder Zähne und ungebleichter Haare; daß er begütert, wie sein pelzbesetzter grauer Atlasrock und der stattliche Hut mit breiter Pelzkrempe erraten lassen.

Die drei Nelken in der beringten Rechten deuten vielleicht auf einen Johannistrieb des würdigen Herrn, denn nach der Blumensprache der Zeit soll eine Nelke tragen, "wer sich auserwählt ein Lieb, das ihm lustlich und herziglich ist, und sich dem allein ergeben hat". Doch damit ist die Grenze des Erforschbaren erreicht, wenn nicht schon überschritten.

Eine sehr kuriose Verwendung hat dieser so unvergleichlich individuelle Kopf in einem Gemälde der Anbetung der Könige von dem Kölnischen Meister der heiligen Sippe gefunden, wo er einem der Weisen aus dem Morgenlande aufgesetzt ist: ein Zeichen Böttcherstraße zu Brügge so manchen Kirchenschatz und manchen fürstlichen Hof mit kostbar gewirkten Stoffen und Bildwebereien versah, mit seiner jungen Frau, Jeanne de Chenany, in seinem Wohngemach konterfeit werden. Jan van Eyck, der wohl zu den Freunden des Hauses zählte, wurde mit diesem Auftrag bedacht. Er stellte die beiden dar, als gelte es die Verewigung des Ehegelöbnisses selbst (Abb. 50). Links steht der Hausherr in pelzbesetzter roter Sammet-

Abb. 51. Jan van Eyck. Madonna mit Heiligen und Stifter. Brügge. Akademie.
Holz: 1,22 : 1,57 m.

dafür, wie früh man in Deutschland bereits dies Kleinod Eyckischer Kunst zu schätzen und zu — verwerten wußte (Abb. 48).

Von nun an bis zum Tode Jans besitzen wir aus jedem Lebensjahre eines oder mehrere mit dem genauen Datum ihrer Entstehung versehene Werke. Sie bilden das feste Gerüst, um das sich die übrigen Bilder seiner Hand gruppieren lassen. Im Jahre 1434 wollte der Vertreter der Lucchefer Tuchhandlung Guidecon, Giovanni Arnolfini, dessen Geschäft in der schaube, mit unförmlich großem Filzhut auf dem Kopf, in einer Haltung, wie wenn er zögere, in die dargebotene Rechte der Frau einzuschlagen. Nachdenklich blickt er vor sich hin, während die jugendliche, wenn auch nicht eben allzu verführerische Ehehälfte mit neugierigen Äuglein zu ihm hinüberblinzelt und den feierlichen Handschlag zu erwarten scheint. Sie trägt über der Hornhaube ein ehrbares faltiges Kopftuch, ihr hoch gegürtetes grünes Feiertagskleid ist mit Hermelin besetzt und mit weiten Oberärmeln versehen. Die Linke mit dem Ehering faßt einen Bausch des lang schleppenden Oberrocks. Der ceremoniöse Ernst dieser Gruppe hat auf den ersten Blick für man beachte namentlich die ausdrucksvollen fein gegliederten Hände —, die Freude an der anheimelnden Ausstattung des engen Ehegemachs teilen wir weit lebhafter. Da

Abb. 52. Kopie nach Jan van Eyck. Madonna mit Heiligen und Stifter. Antwerpen. Holz auf Leinwand übertragen. 1,20 : 1,84 m. (Nach einer Originalphotographie von Braun, Clément & Cie. in Dornach i. E. und Paris.)

den modernen Beschauer etwas ungewollt Komisches, aber er entspricht durchaus dem Geiste der Zeit.

So liebevoll der Maler auch alle Einzelheiten der Gestalten wiedergegeben hat — blinkt wieder zum halboffenen Fenster die Sonne hinein und spiegelt sich in dem frisch geputzten Messing des zierlichen gotischen Kronleuchters, an dem — ein Symbol der sich verzehrenden Liebe? — zwei Kerzen entzündet sind. Rechts steht das eichengeschnitzte Bett mit roter Decke, vor dem ein Teppich sich ausbreitet; an der Rückwand, die mit weichen Polstern und rotem Tuchlaken belegte Ruhebank, darüber ein runder Spiegel, neben dem ein Rosenkranz von den frommen Sitten des Hauses Kunde gibt; vorn zu Füßen des Ehepaars ein kleines Löwenhündchen, das mit zur Familie gehörig sich betrachtet — man hat auch darin ein Sinnbild ehelicher Treue sehen wollen —, und die „Trippen", jene spitzen Holzschuhe des XV. Jahrhunderts, die der Hausherr, von der Straße kommend, abgelegt hat. Der Metallspiegel an der Wand, dessen Rahmen mit kleinen Bildern aus der Passion geschmückt ist, verrät, daß die beiden Ehegatten nicht etwa unbelauscht sind, sie stehen eben Modell für ein Bild; aus der ihnen gegenüberliegenden Thür — das plaudert das Spiegelbild aus — tritt der Maler mit einem Genossen ein. Dazu hat er noch in zierlich verschnörkelten Buchstaben auf die Wand gemalt: Johannes de Eyck fuit hic 1434. Jan van Eyck war hier 1434. Schon diese schalkhafte Inschrift beweist, daß Besteller und Maler befreundet waren. Von ihren andauernden Beziehungen spricht aber noch ein wenige Jahre später gemaltes Einzelporträt des Giovanni Arnolfini (Abb. 79).

Auf viel verschlungenen Wegen gelangte dieses zeitgeschichtlich und künstlerisch gleich bedeutende Werk in die Londoner Nationalgalerie. Die Statthalterin der Niederlande, Margarete von Österreich, hatte es von einem kunstverständigen Höfling, Don Diego de Guevara, der sogar seine Wappen auf die damals noch vorhandenen Flügel des Bildes malen ließ, als Geschenk erhalten, sicherlich seines Kunstwertes wegen, und nicht als Bildnis des ihr zweifellos recht gleichgültigen Arnolfini. Nur eine dunkle Erinnerung an den Dargestellten enthält das Inventar ihrer in Brüssel bewahrten Kunstschätze: man nannte es: Arnoult le fin avec sa femme, aber man vergaß nicht hinzuzusetzen: „ein ganz ausgezeichnetes Gemälde." Die Überlieferung von dem hohen Kunstwert des Bildes hat wohl auch die spätere Legende hervorgerufen, daß Margaretens Nachfolgerin in der Statthalterschaft, Maria von Ungarn, es einem Barbier in Brügge, einem angeblichen Erben der Arnolfini, gegen eine jährliche Leibrente von hundert Gulden abgekauft habe. Mit dem Nachlaß dieser Besitzerin kam es nach Spanien, wo es noch 1789 im Palast Karls III. sich nachweisen läßt, und erst nach der Schlacht bei Waterloo entdeckte es der englische General Hay in Brüssel wieder, der es 1842 der Londoner Nationalgalerie überließ.

Den Schicksalen so seltener Kunstwerke nachzuspüren, ist nicht ohne Interesse; führt ost doch dieser Weg dazu, die Glaubwürdigkeit ihrer Bezeichnung zu verstärken. So besitzen wir von einem Madonnenbild des Jan van Eyck zwei Exemplare, die auch dem Kenner Zweifel lassen könnten, welches das Original sei, so peinlich genau stimmen beide in ihren Einzelheiten überein. Ich meine die Madonna mit den heiligen Donatian und Georg, deren eines Exemplar, auf Holz gemalt, sich heute im Museum der Akademie zu Brügge, das andere, von Holz auf Leinwand übertragen, im Museum zu Antwerpen befindet. Letzteres, eine sehr exakte, nur wenig verkleinerte Kopie, stammt aus einer Kirche in Watervliet — zwischen Gent und Brügge —, während das erste in der Sakristei der Kollegiatkirche Sankt Donatian zu Brügge noch bis zum Ende des XVIII. Jahrhunderts sich befand und vor dem Schicksal, mit der Kirche während der französischen Gewaltherrschaft (1794—1815) zu Grunde zu gehen, nur dadurch bewahrt blieb, daß es mit anderen geraubten Kunstschätzen nach Paris wanderte. Von hier kehrte es später dann nach seiner Heimat Brügge wieder zurück, wo es heute als kostbarster Schatz des Akademiemuseums bewahrt wird (Abb. 51). Nach seinen Maßen ist es das größte Werk des Meisters, das wir kennen, und war für den Hauptaltar der Kirche des heiligen Donatian bestimmt. Ein Kanonikus Georg van der Pale, hatte den Maler dazu beauftragt, eine Familie Carlyns mit zu den Kosten des Altarschmuckes beigesteuert. Das lehren die darauf angebrachten Wappen. Eine lateinische Inschrift auf dem unteren Rahmen bestätigt außerdem: „dies Werk ließ machen Herr Georg van der Pale, Kanonikus dieser Kirche, durch den Maler Jan van Eyck; und er stiftete zwei Kaplanstellen, die von Chorherren der Kirche zu

Abb. 53. Kopie nach Jan van Eyck. Ausschnitt aus Abb. 52.
(Nach einer Originalphotographie von Braun, Clément & Cie. in Dornach i. E. und Paris.)

besetzen sind, im Jahre 1434.[1]) Vollendet aber wurde das Bild im Jahre 1436." Jan van Eyck gehörte zu dem Sprengel der Kirche, deren Patron zugleich der oberste Schutzheilige der Stadt Brügge war. Der Auftrag, den Hauptaltar dieses Gotteshauses mit einem Werk seiner Hand zu schmücken, mußte ihm schmeicheln. Es galt die Madonna darzustellen, die Schirmherrin fast aller mittelalterlichen Ka-

---

[1]) Thatsächlich ist 1434 nur eine Kaplanpfründe von dem Genannten am Altar der Apostel Paulus und Petrus gestiftet worden; eine zweite stiftete er erst 1443 nach dem Tode Jan van Eycks, weshalb man später wohl die Inschrift in obigem Sinne veränderte.

thedralen, und ihr den Bischof Donatus, sowie den Namensheiligen des Stifters und diesen selbst zuzugesellen. In dem Chor einer romanischen Kapelle, deren Maße, wie so oft in den Werken des Meisters, zwerghaft ausgefallen sind im Verhältnis zu den darin sich bewegenden Gestalten, thront unter einem Baldachin die Madonna, die ihr Antlitz gnädig dem knieenden Stifter zuneigt. Auch das Kind auf ihrem Schoße blickt, während es, unbewußt seiner heilspendenden Weihe, mit einem Papagei spielt und nach den Blumen in der Hand der Mutter greift, freundlich, wenngleich etwas starr, zu dem greisen Kanonikus herab. Dieser in weißem Chorhemd, den seine geistliche Würde kennzeichnenden Pelzkragen über den linken Arm gehängt, sieht vom Gebetbuch, dessen Lektüre die Benutzung einer Brille verlangte, zu dem lebendig gewordenen Ziel seiner Andacht auf. Er wird der himmlischen Gnade empfohlen durch den heiligen Ritter Georg. Mit unbeholfener Gebärde lüftet er den Helm und weist mit der Linken auf seinen Schützling. Zur anderen Seite der Madonna aber steht in feierlicher Ruhe, als wolle er erst die Wirkung solcher Fürsprache abwarten, bevor er selbst ein Wort für den Empfohlenen einlegt, der heilige Donat. Der Bischofsornat mit seinen steifen Brokatfalten legt ihm Zurückhaltung auf, aber lebhaft gespannt richtet er den Blick auf die Madonna, die zuerst über das Seelenheil des Kanonikus zu entscheiden hat. Das mit fünf Lichtern besteckte Rad in seiner Linken erinnert an die Legende, die uns berichtet, daß der Heilige einst von seinem treulose Diener von einer Brücke hinab in den Fluß gestoßen wurde; Papst Dionysius ließ ein Rad mit fünf Lichtern auf das Wasser setzen und dieses schwamm durch göttliche Fügung zu der Stelle, wo der Ertrunkene in den Fluten lag, so daß man ihn bergen konnte. Durch die Fürbitte desselben Papstes wurde er dann wieder ins Leben zurückgerufen.

Die schüchterne und ceremoniöse Haltung der Heiligen steht in merkwürdigem Gegensatz zum Gesichtsausdruck des Kanonikus. Während der Ritter Georg mit verlegenem, gleichsam fragendem Lächeln zu seinem reservierten Genossen hinüberblickt, um sich dessen Beihilfe zu erbitten, prägt sich im Gesicht des ehrenfesten Herrn van der Pale die Selbstgerechtigkeit eines sich tadelfrei fühlenden Klienten aus. Gewissenhaft genug hat er alle Forderungen der Kirche erfüllt, um jetzt die Zinsen solchen Wohlverhaltens füglich beanspruchen zu dürfen. Der Haarwuchs auf dem vlämisch breiten Schädel ist stark gelichtet, die Lippen fest geschlossen, in schlaffen Falten hängt die Haut der Wangen zum feisten Doppelkinn herab. — Eine Gestalt, gemästet von Selbstvertrauen, ohne Anwandlung demütiger Schwäche angesichts der Mutter Gottes. In einem auf Leinwand gemalten lebensgroßen Porträtkopf der Galerie zu Hamptoncourt glaubte man eine Vorstudie zu diesem Bildnis zu erkennen, während der nähere Vergleich lehrt, daß es sich nur um eine spätere, stellenweise recht oberflächliche Teilkopie aus dem Brügger Original handelt.

Das ganze Altarbild reizte, wie oben erwähnt, einen Maler aus der zweiten Hälfte des XV. Jahrhunderts zu einer nur in wenigen Stücken abweichenden Nachbildung (Abb. 52 u. 53). Bezeichnend ist es, daß der Nachahmer sich bemüßigt fühlte, die etwas spießbürgerlichen Züge der Madonna zu verschönen. Der ängstliche Respekt vor der Natur, den Eyck in allen Werken bekundet, wich eben gar bald dem Bedürfnis, die Härten des Modells durch wohlgefällige Linien und Formen abzurunden. Begreiflicherweise ging damit auch mancher lebensprühende, individuelle Zug verloren, und dem geübten Auge wird selbst in der stark verkleinerten Abbildung der Antwerpener Kopie eine gewisse Leere und Mattigkeit des Ausdruckes fühlbar, so genau auch im übrigen die Treue gewahrt blieb. Leider hat auch das Original durch unverständige Restauration viel von seiner ursprünglichen Wirkung eingebüßt; gleichwohl verdient es nicht das absprechende Urteil, das neuere Geschichtsschreiber der flandrischen Kunst gefällt haben. Einige Mängel in Komposition und malerischer Ausführung entschuldigt der dem Meister ungewohnte Maßstab, der die Gestalten in nahezu drei viertel Lebensgröße zu bilden gebot. In diesem Maßstab wirkt sein Einzelnaturalismus leicht kleinlich, zumal er in empfindlichem Gegensatz zur Strenge und Steifheit der Komposition steht.

Der wenig anziehende Typus der Madonna aber ist den meisten Bildern des Jan van Eyck eigentümlich und kehrt besonders ähnlich in einer Verkündigung der Petersburger Gemäldegalerie wieder, die wohl zur gleichen Zeit die Werkstatt des emsigen Künstlers verließ. Auch dies Bild ist in etwas größerem Maßstabe gehalten und angeblich von seinem Besteller, dem Herzog Philipp dem Guten, nach Dijon gestiftet worden. Später besaß es der kunstsinnige König Wilhelm II. von Holland, aus dessen Sammlung im Haag es 1850 für den Preis von nahezu 13 000 Francs für die Eremitage des Zaren erworben wurde. Hier hat man die Malerei von ihrem ursprünglichen eichenen Grund auf Leinwand übertragen (Abb. 54). Eine inschriftliche Beglaubigung trägt sie nicht, aber alle innerlichen Merkmale seiner reifsten Kunst. Der Vorgang spielt sich in einem frühgotischen Kirchenraum ab, der diesmal etwas leichtere und weniger unwahrscheinliche Verhältnisse zeigt, wie sonst. Über den Säulenarkaden öffnet sich die Mauer des Kirchenschiffs in einer Galerie, während in der Oberwand kleine, in flachem Spitzbogen geschlossene Fenster durch ihre gemalten Scheiben Licht in den kühlen Raum einlassen. Aber auch im unteren Geschoß des Chorumganges sind Fenster angebracht, durch deren Butzenscheiben die Abendsonne ihre Strahlen sendet. Die blau gewandete Jungfrau kniet vor ihrem aufgeschlagenen Gebetbuch inmitten der Kirche, von links tritt der Engel Gabriel in lang schleppendem rotbrokatenen Meßgewande mit krystallenem Scepter an sie heran. Von seinem Munde gehen die Worte aus: „Sei gegrüßet, die du voll Gnade

Abb. 54. Jan van Eyck. Verkündigung. Petersburg. Eremitage. Von Holz auf Leinwand übertragen. 92 : 38 cm. (Nach einer Originalphotographie von Braun, Clément & Cie. in Dornach i. E. und Paris.)

bift", während Maria bescheiden die Hände
erhebt mit den Worten: „Siehe, ich bin
eine Magd des Herrn." Schon vollzieht
sich das verkündete Wunder: von goldenen
Strahlen umflossen, schwebt die Taube des
heiligen Geistes zum Haupt der künftigen
Gottesmutter herab, auf deren Unschuld ein
schlanke Nase und schüchternen Augen, wie
das der Schutzherrin des Brügger Kanonikus. Die weit auf dem mit biblischen
Darstellungen geschmückten Fußboden sich
ausbreitenden Falten des Schultermantels
gemahnen in ihrem Wurf deutlich an die
Draperie jener gleichzeitigen Komposition,

Abb. 55. Jan van Eyck. Bildnis eines Geistlichen.
Wien. Kaiserl. Gemäldegalerie. Holz 35 : 29 cm.
(Nach einer Originalphotographie von J. Löwy in Wien.)

zur Seite stehender reich blühender Lilien-
zweig hindeutet.

Lebhaft wecken die Züge Marias sowohl, wie des Engels die Erinnerung
an die Palemadonna in Brügge. Das verlegene Lächeln, das dem modernen Auge
beim Heiligen Georg etwas starr und verzerrt vorkommt, umspielt auch die Lippen
Gabriels. Das Oval des Madonnen-
antlitzes ist wohl schlanker, aber zeigt dasselbe stark zurücktretende Kinn, die gleiche
während der mit Edelgestein übersäte Brokat
des Verkündigungsengels — nicht minder
auch dessen Diadem — uns die am Genter
Altarwerk bewiesene Meisterschaft Jans in der
Wiedergabe solcher Pracht ins Gedächtnis
rufen. Kurz alle Merkzeichen — nicht zu-
letzt auch die wundervolle Lichtführung und
geheimnisvolle Stimmung des Innenraums
— weisen auf seine Hand, die diesmal vergessen, Namen und Devise zur Beruhigung
zweifelsüchtiger Gemüter hinzuzufügen.

Vielleicht befanden sie sich einstmals auch auf dem Rahmen oder anderen Teilen des Ganzen, von dem diese Verkündigungsscene wohl nur ein Bruchstück ist. Haben wir doch alte Nachricht, daß Jan van Eyck eine Verkündigung als Mittelbild eines Triptychons gemalt habe, das auf seinen Flügeln innen Johannes den Täufer und den heiligen Hieronymus darstellte, während außen der Stifter Battista angesetzt denken? Leider ist eine Kopie, die um die Mitte unseres Jahrhunderts bald in Paris, bald in Antwerpen auftauchte, seither verschollen. Sie hätte vielleicht in der angeregten Frage Aufschluß geben können.

Aus dem Labyrinth von solchen endlicher Antwort vergebens harrenden Fragen führt uns auch das Bild nicht völlig heraus, das — als Werk Jan

Abb. 56. Jan van Eyck. Bildnis eines Geistlichen.
Silberstiftstudie. Dresden. Königl. Kupferstichkabinett. 21 : 18 cm.

Lommelino und seine Gattin porträtiert waren. Bartholomeus Facius sah ein solches Reisealtärchen im Palast des Königs Alfons von Aragonien zu Neapel. Es ist allerdings kaum anzunehmen, daß das Petersburger schmale Bild in seiner jetzigen Gestalt als Mittelteil eines zweiflügeligen Altars gedient habe; die Flügelbilder, mit denen es verschlossen wurde, würden überschlanke Verhältnisse gezeigt haben. Wie aber, wenn wir uns den Oberteil des erhaltenen Werkes später van Eycks unbezweifelt — einen Hauptschatz der kaiserlichen Galerie zu Wien bildet: das Bildnis des sogenannten Kardinals della Croce (Abb. 55). Schon im XVII. Jahrhundert war es im Besitz des habsburgischen Erzherzogs Leopold Wilhelm; „ein Contrafait von Oehlfarb auf Holcz des Cardinals von Sancta Cruce. Original von Johann van Eyck, welcher die Oehlfarb erst gefunden" heißt es im Inventar der Kunstsammlung des Fürsten, der als Generalgouverneur in den Niederlauden reiche Gelegenheit zu wertvollen Bildererwerbungen fand. Den Dargestellten aber — der mit dem Kardinal von Santa Croce, Domenico Capranica, dessen Bildnis uns in seinem Grabmal zu Siena erhalten ist, nichts zu thun hat — mag die gewandte Feder des Wiener Dürerbiographen Thausing schildern: „Niemand wird ihm nachsagen, daß er hübsch sei oder auch nur die Spuren vergangener Schönheit an sich trage. Der Mann hat seinen Blick wohl nie forschend nach den Sternen gerichtet, er hat sich wohl nie diesen Kopf zerbrochen; vielmehr mag er mit den mächtigen Kauwerkzeugen dem Leben die genießbaren Seiten abgewonnen haben. Und doch — wenn wir ihn länger betrachten — welcher Reiz liegt in den kleinen Äuglein, die so behaglich unter den gehobenen Brauen herausdämmern, wieviel gutmütiger Scherz liegt hinter diesen saftigen Lippen verschlossen! Und wie ist das alles in wenigen Fleischtönen ohne alle Reflexe und starke Schatten gemalt: wie treu und wahr ist da dem Leben überall nachgegangen! Man sieht das Blut pulsieren unter der erschlafften Haut bis zu den roten Äderchen im Augapfel; jedes der zahlreichen Fältchen auf der Stirne und vom Halse bis an die Ohrwurzel erzählt seine Geschichte; wirr zittern die Haare auf dem flachen Scheitel durcheinander. Dazu die anspruchslose Haltung des Ganzen, das einförmige rote Gewand, das in senkrechten Falten glockenförmig von den Schultern herabsinkt, der einfache schwarze Hintergrund, der bloß dort, wo er den hellen Umriß der abgewandten Gesichtshälfte berührt, in einen feinen dunkelblauen Luftton übergeht."

Und dieses Antlitz, das so gesprächig scheint, bleibt stumm bei der Frage nach seinem Namen, die sich jedem Beschauer unwillkürlich auf die Lippen drängt? Wie, um die Neugier aufs äußerste zu reizen, hat das Schicksal uns noch eine Vorzeichnung zu dem Bildnis erhalten, die mit einer langen Inschrift versehen ist (Abb. 56). Aber die Schriftzüge des zarten Silberstiftes sind im Laufe der Jahrhunderte nahezu bis zur Unleserlichkeit verwischt, so daß sie jeder Deutung zu spotten scheinen. Hartnäckiger Eifer, diesen Schriftzügen mit der Lupe ihr Geheimnis zu entlocken, hat mich schließlich zu der Gewißheit geführt, daß der Künstler sich neben der Zeichnung ausführliche Notizen über die Farben, in denen sie auszuführen sei, gemacht hat. Nach vielen vergeblichen Versuchen gelang es mir nämlich, in fast allen Zeilen je eine Farbenbezeichnung zu entziffern, wie bleecachtich (weißlich) „blawes Auge", „witelaer" (weißblau), „claer blauachtich" (hellbläulich), „gelachtich" (gelblich), „die liffden witachtich" (die Lippen weißlich), „roedachtich" (rötlich). Diese so unscheinbaren Ergebnisse sind nicht ohne Wert. Besonders interessiert uns, daß Jan van Eyck feinere Farbennuancen notiert, statt der einfachen Lokaltöne. Aber auch für die Arbeitsweise des Meisters lernen wir aus dem Verfahren, wie er mit seinem Silberstift auf einem kleinen Blatte alle physiognomischen Einzelheiten des ausdrucksvollen Greisenkopfes sorgfältig durchzeichnete, bevor er daran ging, sie in Farben auszuführen. Die Geduld seines Modells nicht allzu hart auf die Probe zu stellen, notierte er sich die einzelnen Farbenwerte auf der Skizze, um dann daheim in Ruhe das Bild zu vollenden.

Fast will der Entwurf lebendiger und individueller erscheinen, als das Gemälde. Feiner durchgebildet ist insbesondere der Mund und die untere Hälfte des Gesichts; die für Jan so charakteristische, etwas fehlerhafte Augenstellung ist im Bilde gemildert, das überhaupt das Bestreben bekundet, alle Formen zu verzierlichen, so daß der Kopf weniger schwerfällig und breit wirkt. Vielleicht hat hierbei auch die Eitelkeit des geistlichen Herrn — als solchen kennzeichnet ihn der rote Rock mit weißem Pelzvorstoß — ein Wort mitgesprochen. Schließlich scheiden wir auch von diesem Bilde mit dem Gefühl, das letzte Geheimnis seiner Entstehung nicht zu kennen. Dagegen hängt in demselben Saale der Wiener Galerie ein prächtiger jugendlicher Männerkopf, dessen Nationale an Ausführlichkeit wenig zu wünschen übrig läßt (Abb. 57). Fast zu groß wie das eben beschriebene Bild trägt es auf dem alten Rahmen die gereimte vlämische Umschrift:

„Jan de Leeuw[1]) op San Orselen dach
dat Claer erst mit oghen sach 1401
Ghecontersfeit nu heeft mi Jan
Van Eyck wel blyckt wanneert began 1436."

---

[1]) Der Name ist durch einen Löwen rebusartig wiedergegeben.

Abb. 57. Jan van Eyck. Jan de Leeuw. Wien. Kaiserl. Gemäldegalerie.
Holz 33 : 28 cm.
(Nach einer Originalphotographie von J. Löwy in Wien.)

Dazu noch wiederholt sie den Namen des Malers: Jan van Eyck. Uns stellt sich also in dem klug blickenden jungen Manne der fünfunddreißigjährige Jan de Leeuw vor, der am Sankt Ursulatag des Jahres 1401 das Licht der Welt erblickte und 1436 wohl sein Porträt bestellte, um es als Angebinde seiner Braut zu verehren. Darauf deutet der Goldreif, den er absichtsvoll zwischen Daumen und Zeigefinger der Rechten hält. Auch hier ward also Jan van Eyck mit der Rolle des Heiratsvermittlers betraut. Ein Freier mit so ausdrucksvollen Zügen und so treuem Blick durfte sich schon sehen — und malen lassen. Unwiderstehlich bannt uns die energische Charakterschilderung, die Jan van Eyck, wohl begünstigt durch das wie aus Erz geprägte Antlitz seines Modells, hier entworfen hat. Neben hoher Spannkraft des Willens glaubt man eine gewisse schwärmerische Innigkeit des Empfindens herauszufühlen, die namentlich aus den leise aufwärts gerichteten Augen und der sein bewegten Mundlinie spricht. Ein Fanatiker für eine gute Sache, den das Gefühl im Glauben bestärkt, scheint hier vor uns zu stehen. Wenige Bildnisse Jans enthüllen so viel seelisches Leben wie dies. Schwächen der Ausführung, wie der harte, rötliche Farbenton des Fleisches, der auch an der Palemadonna gerügt wird, und zeichnerische Flüchtigkeit, die in der Bewegung der rechten Hand sich verrät, treten dahinter durchaus zurück. Das von den meisten Eyckbiographen kurz abgethane Bild sichert vielmehr seinem Meister einen Ehrenplatz unter den Seelenmalern aller Zeiten.

Das Jahr der Entstehung dieses Porträts führte Jan van Eyck wiederum auf weite Reisen in fremde Länder, die er im Dienste seines fürstlichen Herrn unternahm, deren Zwecke aber vor Mit- und Nachwelt verborgen bleiben sollten. Ausdrücklich werden in den Rechnungen des Herzogs diese Missionen als „geheime Dinge" bezeichnet, über die keine nähere Auskunft zu erlangen war. Die hohe Summe, die für die Dienstleistung aus der herzoglichen Schatulle gezahlt wurde, läßt uns an diplomatische Aufgaben denken, die man in jener Zeit nicht selten auch ungeschulten Vertrauenspersonen übertrug. Daß ein Maler, der mit solchen Sendungen betraut ward, seinen Blick für physiognomischen Ausdruck schärfte und aus den Falten des Gesichts mehr lesen lernte, als mancher Diplomat, begreift sich leicht. Aber der Versuchung, seine Kraft ausschließlich der Bildnismalerei zu widmen, die damals wie heute jedenfalls zu den einträglichsten Beschäftigungen eines Künstlers gehörte, widerstand Jan van Eyck dennoch. Das vielgestaltige Leben, wie es ihn in dem Getriebe der heimatlichen Handelsstadt umgab, die landschaftlichen Reize in Feld und Au standen seinem Künstlerherzen ebenso nahe, wie die im einzelnen Individuum verkörperte Schöpferkraft der Natur. Hans Sachs rühmt einmal die Malerei als das künstlichste unter allen Handwerken, weil sie es vermag, die ganze Herrlichkeit der Welt, wie sie Gott geschaffen, ihm nachzuschaffen, als:

„ganze landtschafft, wie von fern
Die hohen gepirg sich abstelln,
Hinter einander sich verheln,
Die pühel, berg und finstern welder,
Die hayden, e gart und pawfelder,
Dörfer und weyler, angr und wisen
Aw und schiessreichs wasser fliessen
Se und weyer, pach und brunnen
Stedt und Schlosser wol besunnen
Mit ihren pasteyen, wehrn und zinnen."

Die Freude, all dies mit einem Blick zu umfassen und in engem Raum wieder aufleben zu lassen, hat Jan van Eyck von allen Malern als erster empfunden und empfinden gelehrt. Ein kleines unvollendetes Bild der Antwerpener Galerie aus dem Jahre 1437 zeigt — wenn wir von den landschaftlichen Hintergründen der Genter Altarflügel und der zweifelhaften Petersburger Bilder absehen — den frühesten Versuch, sich dieser Aufgabe zu bemächtigen (Abb. 58). Den festen Mittelpunkt der tiefräumigen Komposition bildet ein im Bau begriffener gotischer Turm, der die davorsitzende jugendliche Heilige, die in einem Gebetbuch blättert, als Barbara legitimiert. Hatte sie doch ihr heidnischer Vater in einen hohen Turm sperren lassen, um ihre Schönheit vor den Augen Neugieriger zu verbergen. Hier empfing sie, nach der Legende einen Abgesandten des christlichen Philosophen Origenes aus Alexandrien und ließ von ihm sich taufen. Als ihr Vater zornentbrannt ob ihrer Abtrünnigkeit vom alten Glauben das Schwert gegen sie zückte, that sich das Gemäuer auf, um sie aufzunehmen und vom Tode zu retten. So blieb der Turm ihr ständiges Attribut, während der Palmenzweig in der Linken das allgemeine Märtyrerabzeichen bildet. Auf dem frei gelegenen Bauplatz entwickelt sich ein buntes Getriebe von arbeitsamen Werkleuten; einige schleppen auf Tragbahren Mörtel und Kalk herbei, andere bringen auf ihrem Karren die großen Hausteine zu der Bauhütte, wo der Steinmetz mit seinen Gesellen sie unter der Aufsicht des Meisters bearbeitet; noch andere

sind oben auf der
Plattform bei dem
Versetzen der Werk-
steine und bei dem
Hebekran beschäftigt.
Einer von ihnen ruft
dem unten stehenden
Vorsteher der Bau-
hütte etwas zu. Aber
auch Neugierige ha-
ben sich eingefunden,
so eine Gruppe von
Frauen, die vom Bau-
platz zur Heiligen
heranschreiten, und
eine Kavalkade vor-
nehmer Herren, die
den Schritt ihrer
Pferde vor dem Wun-
derwerk der Baukunst
hemmen. Mit ehr-
lichem Staunen gafft
niederes Volk zu der
steilen Höhe empor.
Die graziöse gotische
Architektur, die übri-
gens mit dem Kölner
Dom eine nur ganz
oberflächliche Ver-
wandtschaft verrät,
fordert auch die Be-
wunderung der Kun-
digen heraus; mit
solchem Verständnis
hat Jan van Eyck
hier die Massen ge-
fügt und das gebrech-
liche Maßwerk gleich
einem Spitzenschleier
darübergeworfen, daß
sein Entwurf einem
berufsmäßigen Ar-
chitekten nicht zur Un-
ehre gereichen würde.
Weiter in den Hin-
tergrund dehnen sich
Baumtristen und Hü-
gelketten, wo links

Abb. 58. Jan van Eyck. Die Heilige Barbara.
Antwerpen. Königl. Gemäldegalerie. Holz 32 : 19 cm.
(Nach einer Originalphotographie von Braun, Clément & Cie. in Dornach i. E. u. Paris.)

an steilem Bergeshang die Straßen einer
phantastischen Stadt mit Türmen und
Thoren emporklettern. Nur der Himmel
ist leicht in Farben angelegt, alles übrige
mit Pinsel und Feder in zarten bräunlich
grauen Strichen skizziert.

Auch dieses Bild hat einen ehrwürdigen Stammbaum. Schon van Mander
führt es 1604 als Beleg für die Behauptung an, daß Eycks Skizzen oft ausführlicher und gelungener seien, als die ausgeführten Arbeiten anderer: „so erinnere ich

mich, erzählt er, daß ich ein kleines Bildchen einer Frau von ihm gesehen habe mit einem zierlichen Landschäftlein im Hintergrunde, das nur grau angelegt (gedootverwet) war, und trotzdem ausnehmend gefällig und liebenswürdig, und es befand sich im Hause meines Lehrers Lucas de Heere zu Gent." Wie es dann in den Besitz des berühmten Haarlemer Buchdruckers Enschede gekommen, der es 1769 in Kupfer stechen ließ[1]), wissen wir nicht. Von hier wanderte es durch die Hände verschiedener Liebhaber, um schließlich mit den übrigen Schätzen des Utrechter Bildersammlers van Ertborn in der Antwerpener Galerie Ruhe zu finden.

Mit ihm zugleich gelangte auch ein zweiflügeliges Altärchen dorthin, das für Freunde Eyckischer Kunst, wenigstens als Nachbildung eines zweifellos sehr hoch geschätzten und beliebten Originals von großem Interesse ist. Gibt es doch eine Madonnenkomposition wieder, die außerdem noch in fünf anderen alten Kopien sich bis auf unsere Tage erhalten hat (Abb. 59).

Wir blicken in eine gotische Kirche, zu deren hohen Fenstern die Sonnenstrahlen hereinfluten; den Chor trennt von dem

[1]) Ein angeblicher Originalentwurf des Bildes in Lille (als solcher von Braun in Dornach photographiert) gibt sich bei näherer Prüfung als der 1769 gemachte Stich von C. van Noorde zu erkennen.

Abb. 59. Kopie nach Jan van Eyck. Madonna und Stifter. Antwerpen. Königl. Gemäldegalerie.
Holz: 31 : 30 cm.
(Nach einer Originalphotographie von Braun, Clément & Cie. in Dornach i. E. und Paris.)

Abb. 60. Kopie nach Jan van Eyck. Madonna in der Kirche.
Federzeichnung. London. Sammlung Robinson.

Hauptschiff ein Lettner, unter dessen einem Bogen zwei singende Engelsgestalten sichtbar werden, während unter dem zweiten ein Altar mit dem Steinbild der Mutter Gottes prangt. Als hätte sich dieses belebt und wäre in Fleisch und Blut zu den Gläubigen hinabgestiegen, steht Maria, ihr Kind im Arme haltend, inmitten des Raumes, das reich gekrönte Haupt zum Beter huldvoll geneigt. Diese Ergänzung durch die Gestalt eines knieenden Stifters scheint die Komposition unweigerlich zu fordern. Das Antwerpener Diptychon gibt sie ihr — äußerlich genug — in seinem rechten Flügel, auf dem der Abt des Cistercienserklosters Dunes, Christian de Hondt, in seinem Wohngemach am Betschemel dargestellt ist. Wappen und das Monogramm C. H. lassen über seine Person keinen Zweifel.[1]) Da der Stifterflügel und die Madonna von derselben Hand gemalt sind, de Hondt aber erst 1495 zum Abt erwählt wurde, ist es ausgeschlossen, das Antwerpener Bild als Werk des Jan van Eyck anzusehen. Zum Überfluß trägt es auf seinen bemalten Rückseiten auch noch die Jahreszahl: 1499.

Leicht läßt auch ein zweites Exemplar derselben Madonnenkomposition im Palazzo Doria zu Rom — ebenfalls zu einem Diptychon ergänzt — erkennen, daß es erst um die Wende des XVI. Jahrhunderts entstanden sein kann. Auf dem rechten Flügel kniet hier, empfohlen durch den heiligen Antonius, Messer Antonio Siciliano. So wenigstens nennt den Donator ein Kunstfreund, der 1530 diese beiden Bilder im Studierzimmer des Gabriel Vendramin zu Venedig sah, in seinem Reisetagebuch, das uns viele wertvolle Notizen erhalten hat. Wir erkennen daraus, daß bereits in so früher Zeit auch in Italien diese Madonnengestalt großer Beliebtheit sich erfreute. Weiterhin hat sie ein leidlich geschickter Zeichner der gleichen Zeit in einer Federskizze (London, Sammlung Robinson Abb. 60) kopiert, und in freier Benutzung kehrt sie auf einem Bilde des Museo Ponzoni zu Cremona wieder. Ganz schwach ist endlich der Nachklang in der hier abgebildeten Madonna des Duke of Newcastle, die wahrscheinlich aus der Werkstatt Hans Memlings stammt (Abb. 61).

Das Urbild all dieser Wiederholungen vermutet man in einem kleinen Bildchen der Berliner Galerie (Abb. 62). Unbedenklich wird man zugeben, daß keines der eben aufgezählten Exemplare der „Madonna in der Kirche" so hohe künstlerische Qualitäten besitzt, wie das Berliner. Es ist ein Meisterwerk seiner Lichtführung und Raumwirkung, seine mit dem Feuer des Edelgesteins wetteifernden, glühenden Farben üben einen bestrickenden Zauber auf jeden Beschauer. Dieselben Reize rühmte aber ein französischer Kenner, Graf Delaborde, einem um wenige Zoll größeren Bilde ganz gleicher Komposition nach, das er im Besitze eines Architekten bei Nantes fand und als ein unzweifelhaftes Original des Jan van Eyck bezeichnet. Leider ist dieses Kunstwerk, das sein glücklicher Besitzer um einen lächerlich niedrigen Preis in Nantes erworben hatte, seither nicht wieder aufgefunden. Auch hier war, wie auf dem ursprünglichen Rahmen der Berliner Madonna, eine Inschrift angebracht, die in der von Jan van Eyck oft beliebten Weise Mutter und Kind in überschwenglichen Worten pries. Eine Namensinschrift des Künstlers jedoch oder ein Wahlspruch fehlt beiden Bildern; was uns abhält, die Erfindung des kleinen Wunderwerks der Berliner Galerie rückhaltlos unserem Meister zuzuschreiben, ist der weiche, jeden schroffen Bruch und jede spitzige Falte ängstlich meidende Faltenwurf des Gewandes: dem Ganzen fehlt der Ausdruck männlich herber Kraft, die Jan van Eyck sonst nie verleugnet und die auch in der Zeichnung der Sammlung Robinson nicht ganz verwischt ist. An ihre Stelle ist in dem Berliner Exemplar eine träumerische Weichheit des Empfindens getreten, die zu Eycks Individualität wenig paßt. Nur ein unzweideutig bezeichnetes Werk von ihm wüßte ich zu nennen, das sich dieser Auffassung einigermaßen nähert, die Madonna am Springbrunnen im Museum zu Antwerpen (Abb. 80). Aber auch dieses ein Jahr vor seinem Tode gemalte Bild, dessen Sonderart durch Anlehnung an kölnische Vorbilder sich erklärt, verhält sich zu der Berliner Madonna, wie eine Citrone zur Orange.

In die nächste Nähe der heiligen Barbara aus dem Jahre 1437 möchte ich das kleine Klappaltärchen rücken, das die Kunst des jüngeren Eyck in der Gemäldegalerie zu Dresden vertritt (Abb. 63). Es ist kaum

---

[1]) Neuerdings sind sie auf den Abt Jan de Clerc von Dunes gedeutet, weil in der Universitätsbibliothek zu Oxford sich ein für diesen Abt geschriebenes Manuskript befinden soll, das dasselbe Monogramm und Wappen trägt. Dunes ist eine Ortschaft in der Nähe von Brügge.

Abb. 61. Schule Hans Memlings. Madonna.
Sammlung des Herzogs von Newcastle.

Abb. 62. Jan van Eyck (?). Madonna in der Kirche.
Berlin. Königl. Gemäldegalerie. Holz: 31 : 14 cm.
(Nach einer Originalphotographie von Braun, Clément & Cie. in Dornach i. E. und Paris.)

Abb. 63. Jan van Eyck. Weiheltäschen. Dresden. Königl. Gemäldegalerie.
Holz: 27 : 37 cm.
(Nach einer Originalphotographie von Braun, Clément & Cie in Dornach i. E. und Paris.)

Abb. 61. Jan van Eyck. Verkündigung.
Außenflügel des Reisealtärchens in der Königl. Gemäldegalerie zu Dresden.

zwei Spannen hoch, und geschlossen mißt es 21 Centimeter in der Breite. Diesen miniaturartigen Maßstab erklärt uns sein Zweck. Es war bestimmt, seinen Besitzer, der — nach einem darauf angebrachten Wappen zu schließen — zur Familie der

Abb. 65. Jan van Eyck. Madonna. Mittelbild des Reisealtärchens in der Königl. Gemäldegalerie zu Dresden. (Nach einer Originalphotographie von Braun, Clément & Cie. in Dornach i. E. und Paris.)

Giustiniani[1]) gehörte, auf Reisen zu begleiten, damit er seine Andacht unterwegs auch dort verrichten könne, wo keine Kirche oder Kapelle den schicklichen Ort dazu bot. Die fein geflochtenen Seidenborten, mit denen der Ebenholzrahmen besetzt ist, bezeugen, wie reich solche Kleinodien ausgestattet wurden, die als kostbarstes Gut in besonderem Verschluß mit den Pretiosen des Reisenden verpackt wurden.

[1]) Ein Michele Giustiniani, Sohn des Marco, lebte um 1400, ein anderer des Namens vermählte sich im XV. Jahrhundert mit einer Witwe Fenier.

Freilich kann keine Damasthülle und kein goldenes Schloß uns den Maßstab liefern für die Höhe der Kunst, die hier in kleinstem Raum sich offenbart. Schließt man die Thüren des Altärchens, so zeigt sich, wie beim Genter Altar, eine schlichte Grammalerei: Maria mit dem Engel der Verkündigung (Abb. 64). Hier, wie dort, wollte der Maler den Schein eines bildnerischen Kunstwerks mit Farben erzeugen. Und doch welch ein Unterschied! Wieviel eckiger und unbeholfener muten uns die Gewandfalten an, die die Körper des Tänzers und des Evangelisten Johannes (Abb. 11 u. 12) verbergen! Wieviel mehr der Bewegung der Gestalten angepaßt, gewissermaßen erst aus ihr erzeugt, erscheinen sie in dieser Verkündigungsgruppe! Noch immer empfindet man zwar, daß auch hier nicht Menschen aus Fleisch und Blut, sondern geschnitzte Heiligenbilder gemeint sind. Aber das Studium der natürlichen Stoffalten erschien dem Künstler wichtiger, als die Gesetze der bildnerischen Technik: der Ausdruck der Köpfe überschreitet bereits die Schranken, die Meißel und Stein ihnen gesetzt. Vielleicht wollte er die Illusion eines weicheren Materials, etwa des Holzes, erzeugen, das allein auch die freie Bildung so gebrechlicher Teile wie des Engelstabes und der Flügel ermöglicht hätte. Kurz, wir nehmen wahr, wie eine Entwickelung zu größerer Freiheit und Unabhängigkeit sich in diesen Gestalten vollzogen hat. Wir treffen dasselbe verlegene Lächeln, wie beim heiligen Georg der Palemadonna und dem Gabriel der Petersburger Verkündigung auch hier bei dem Sendboten des Himmels. Die magdliche Verschämtheit der Madonna hat van Eyck selten mit so rührender Einfalt wiederzugeben gewußt.

Werden die Flügel geöffnet, so blickt man in eine jener zwerghaften romanischen Kirchen, die uns von anderen Bildern Jans ebenfalls wohlbekannt sind. Im Mittelschiff, das die Breite der mittleren Tafel einnimmt, sitzt unter einem Thronhimmel aus dunkelgrün gemustertem Damast Maria mit dem Christkinde auf dem Schoß (Abb. 65). Ein roter Mantel umhüllt ihre Gestalt und breitet sich über die mit einem orientalischen Teppich belegten Thronstufen. Das Kind, dessen Lebhaftigkeit sie zu zügeln versucht, hält in der Linken ein Spruchband mit den Worten: „Lernet von mir, denn ich bin sanftmütig und von Herzen demütig." Die Blicke von Mutter und Kind sind auf den Stifter gerichtet, der (auf den linken Flügel Abb. 66) unter dem Schutz seines Namensheiligen Michael niedergekniet ist und die Hände zum Gebet erhebt: eine schlanke Gestalt in olivgrünem, weitärmeligem Gewande, mit gleichmäßig gekürztem Haar, wie es die burgundische Hoftracht vorschreibt, und beschränktem Ausdruck in den schlaffen, vorzeitig gealterten Zügen des bartlosen Kopfes. Breitspurig steht hinter ihm der Führer der himmlischen Heerscharen, Michael, in blinkendem, reich verziertem Panzer, von dessen Rückenteilen sich ein Paar bunt schillernder Engelsflügel löst. Mit der Rechten, die empfehlend die Schulter seines Schützlings berührt, stützt er zugleich die an die Schulter gelehnte Lanze, während er im linken Arm die zierlich gebuckelte Sturmhaube hält. Sein knabenhaft jugendliches Antlitz umrahmt eine breite Lockenfülle.

Im rechten Nebenschiff der Kirche, aus dessen halboffenem Fenster der Blick hinausschweift in lachende Gefilde, steht die Heilige Katharina, die mystische Braut Christi (Abb. 67). Als Prinzessin trägt sie eine von Edelsteinen funkelnde Krone und ein reich mit Hermelin besetztes blaues Kleid. Das Gebetbuch in der Linken hält ihren Sinn ganz gefangen, lässig ruht die andere Hand auf dem Knauf des Märtyrerschwerts. Das mit Messern besetzte Rad deutet auf ihre Errettung durch göttliches Wunder: als sie gerädert werden sollte, zerschmetterte ein Blitz dies Folterwerkzeug. Mit der Madonna auf dem Außenflügel und der Barbara in Antwerpen zählt diese Heilige zu den lieblichsten Frauengestalten, die Jan van Eyck geschaffen. Freilich von der geistigen Überlegenheit, die die alexandrinische Prinzessin nach der Legende in gelehrtem Wortstreit mit 50 Philosophen bewährt haben soll, verrät ihr Äußeres nicht allzuviel. Als Patronin der modernen Frauenbewegung würde sie eine schlechte Figur machen; künstlich gekraustes Blondhaar, das unter dem Kronreif hervorquillt, und reiche modische Tracht lassen eher auf weltliche Eitelkeit schließen. Die schlichte natürliche Haltung, das völlige

Abb. 66. Jan van Eyck. Abb. 67. Jan van Eyck.
Der Heilige Michael mit einem Stifter. Die Heilige Katharina.
Flügelbilder des Reisealtärchens in der Königl. Gemäldegalerie zu Dresden.
(Nach Originalphotographien von Braun, Clément & Cie. in Dornach i. E. und Paris.)

Abb. 68. Jan van Eyck. Madonna. Frankfurt a. M. Städtisches Institut.
Holz; 63 : 18 cm.
(Nach einer Originalphotographie von Braun, Clément & Cie. in Dornach i. E. und Paris.)

Vergessen der Umgebung, dieses stille Vorsichhinblicken allein machen sie liebenswert. Hier klingt aus dem Kunstwerk wieder etwas von dem zurück, was der Schaffende an inniger Versenkung in sein Thun gelegt hat. Auch das Mittelbild mit seinem Butzenscheibenlicht, seinen zierlichen Apostelfigürchen über den reich skulpierten Säulenknäufen, dem sauberen Figurenschmuck an den Armlehnen des Thrones, dem Muster

des persischen Teppichs und des Mosaik-
fußbodens, alles ruft uns zu: als ich kann.
Statt dieser Devise und des Malernamens
umziehen wortreiche Sprüche zum Lobe der
Madonna und der Heiligen den Rahmen.
Wir vermissen die äußere Beglaubigung
nicht. Zu deutlich spricht die Bluts-
verwandtschaft zwischen der heiligen Katharina und der Barbara in Antwerpen, zu
lebhaft ruft uns das Christkind im Schoß
der Madonna seinen wenig älteren Zwil-
lingsbruder aus dem Brügger Altarbild in
die Erinnerung. Geringeres Gewicht möchte
ich auf äußere Übereinstimmung legen, wie
sie zwischen der Rüstung des Heiligen
Michael und der des Georg zu Brügge, in
Gewandsäumen, Teppichmustern und Ähn-
lichem sich leicht herausfinden läßt. Ist
doch die Art, wie ein Gewand geworfen,
wie die Lichter den Zieraten der Rüstung
aufgesetzt, wie das Stoffliche des Teppichs
wiedergegeben ist, ein weit wichtigeres
Merkmal.

Wer einmal das Dresdner Altärchen
als Werk des Jan van Eyck erkannt hat,
wird keinen Zweifel hegen, daß auch ein
Madonnenbild des Städelschen Instituts zu
Frankfurt (Abb. 68) von seiner Meister-

Abb. 60. Jan van Eyck. Madonna des Kanzlers Rolin.
Paris. Louvre. Holz: 67 : 62 cm.
(Nach einer Originalphotographie von Braun, Clément & Cie. in Dornach i. E. und Paris.)

hand herrührt. Vielleicht haben wir hier noch eine etwas ältere Arbeit vor uns, denn deutliche Fäden spinnen sich nach der Madonna aus dem Jahre 1432 in Incehall hinüber. Aus der Kirche kehren wir wieder in das trauliche Bürgerhaus zurück. Windel im Schoß der Mutter sitzt strack aufgerichtet das Kleine, mit voller Inbrunst sich seiner irdischen Beschäftigung hingebend; rein menschliche Fürsorge erfüllt die nährende Frau. Nichts deutet auf das Gnadenamt, das ihr und ihrem Kinde verliehen ward.

Abb. 70. Roger van der Weyden. Nicolas Rolin.
Stifterflügel des Altarwerks zu Beaune.

Nur der Thronsessel mit seinen Bronzezieraten und der Baldachin aus Brokat verraten, daß es keine gewöhnliche Sterbliche ist, die hier ihr Kind stillt. Als alte Bekannte grüßen uns die Äpfel am Fensterbord, das kupferne Waschbecken und die Wasserflasche in der Nische. Eng, unwahrscheinlich eng, ist wiederum das Gemach, das so trautes Mutterglück birgt. Auf der So anheimelnd nahe ist uns hier alles gerückt, daß wir den Thronhimmel, das Perlendiadem und den reich besetzten roten Mantel der Mutter fast als störende Beigaben empfinden, die uns ablenken von dem Hauptinhalt des Bildes. Hat doch der Künstler nicht einmal den Trauring an der Hand der glücklichen Mutter vergessen! Die straff gespannte Haut des

Kindes bezeugt, daß ihm die Nahrung gut anschlägt. Solche Selbstverständlichkeit dem Bilde zu verleihen, bedurfte — das machen wir Kinder einer naturalistisch ge= stimmten Zeit uns kaum genügend klar — der That eines Genies. Nur ein Meister des Pinsels durfte es wagen, die Schranken überkommener Vorstellungen so kühn zu durchbrechen. Sicherlich wird es nicht an Leuten gefehlt haben — und fehlen, die bei solchem Unternehmen immer wieder von Profanation und Ärgernis reden, die die Kraft natürlichen Schauens und Mitteilens unterdrückt sehen wollen zu gunsten an= erzogener oder doch anerlernter Unnatur. Aber stets noch hat sich der gesunde Trieb des Künstlers mächtiger erwiesen als das stumpfe Vorurteil der Masse.

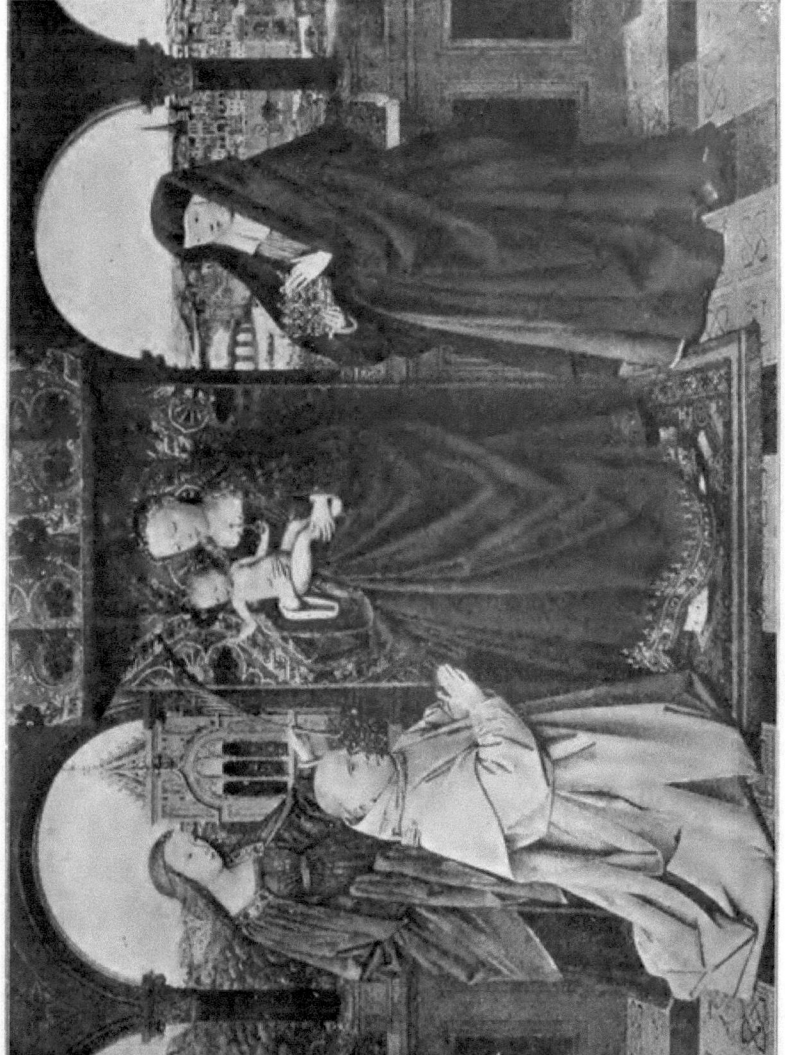

Abb. 71. Petrus Cristus. Madonna mit Heiligen und Stifter. Paris. Sammlung Rothschild. Holz: 50 : 60 cm.

Abb. 72. Petrus Cristus. Madonna mit dem Stifter.
Berlin. Königl. Gemäldegalerie. Holz: 29 : 14 cm.
(Nach einer Originalphotographie von Braun, Clément & Cie. in Dornach i. E. und Paris.)

Das Frankfurter Bildchen stammt angeblich aus dem Besitz des Herzogs Karl Ludwig von Lucca († 1847) und wird deshalb auch die „Madonna von Lucca" genannt. König Wilhelm II. von Holland hatte es seiner reichen Kunstsammlung im Haag einverleibt, mit der es nach dem Tode des Fürsten 1850 versteigert wurde.

Derselbe Madonnentypus kehrt in einigen anderen Andachtsbildern wieder, die man, obwohl sie unbezeichnet sind, ebenfalls als Erzeugnisse der Malerwerkstatt Jan van Eycks aus der gleichen Zeit ansieht. Am deutlichsten tritt diese Verwandtschaft bei der „Madonna des Kanzlers Rolin" im Louvre (Abb. 69) hervor.

Nicolas Rolin hatte sich die Gunst Philipps des Guten früh schon zu erwerben gewußt, besonders auch durch den Eifer, mit dem er, — damals mit Erledigung der an den Herzog gerichteten Bittgesuche betraut — den Prozeß gegen die Mörder führte, die Philipps Vater Johann den Furchtlosen 1419 heimtückisch auf der Brücke zu Montereau erdolcht hatten. Er wurde zum Ritter geschlagen und 1422 zum Siegelbewahrer des Herzogs ernannt, dessen Interessen er gegen die nicht seltenen feindlichen Unternehmungen seiner Vasallen wirksam zu verteidigen wußte. Aber nicht nur als Staatsmann bewundern wir Rolin, sondern auch als Freund der Wissenschaften und Künste, der von seinem großen Vermögen wahrhaft vornehmen Gebrauch machte. So gründete er unter anderem in seiner Geburtsstadt Autun ein Kirchenstift, an dessen Spitze im Jahre 1436 sein Sohn Johann, der Bischof von Autun, trat. Dieser ließ die durch einen Brand zerstörte Stiftskirche neu erbauen und stattete sie reich mit Kultusgeräten und Kunstwerken aus. Damals wird wohl auch das Madonnenbild entstanden sein, das noch im XVIII. Jahrhundert in der Sakristei der Kirche das Andenken an die Familie Rolin lebendig erhielt und in folgender Weise beschrieben wurde: „Ein Originalgemälde auf Holz, auf dem der Kanzler Rolin knieend vor der Mutter Gottes dargestellt ist. Der Hintergrund des Bildes zeigt eine perspektivische Ansicht der Stadt Brügge und mehr als 2000 Figuren, deren mannigfache Bewegung sich nur mit der Lupe erkennen läßt." Diese Beschreibung paßt haarscharf auf das Louvrebild, das zudem aus Autun stammen soll, und so begreift sich leicht, daß man es ohne Bedenken als „Madonna des Kanzlers Rolin" bezeichnet. Auch die aus stilistischen Gründen angenommene Entstehungszeit des Werkes um 1437 wird dadurch äußerlich bestätigt.

Wir besitzen überdies ein gut beglaubigtes Bildnis des Kanzlers Rolin, das zwischen 1443—1447 entstanden ist, auf den von Roger van der Weyden gemalten Flügeln des jüngsten Gerichts in Beaune (Abb. 70). Hier erscheinen die energischen Züge, die man gleichwohl unschwer im Pariser Bilde wiedererkennt,

greisenhaft verwittert, so daß wir einen mehrjährigen Abstand zwischen beiden Porträts annehmen müssen. Die Angabe schließlich, daß die Landschaft der Rolinmadonna ein Stadtbild von Brügge enthalte, erklärt sich am einfachsten aus der Überlieferung, daß das Werk aus einer Brügger Malerwerkstatt, also doch wohl aus der des Jan van Eyck, hervorgegangen. Trotzdem ist diese Angabe falsch. Kein Zweifel, daß der Maler in dem meisterhaft durchgeführten Fernblick eine Vedute hat geben wollen, kein Zweifel aber auch für jeden, der Brügge nur oberflächlich kennt, daß diese Stadt nicht gemeint sein kann. Wir blicken aus den Arkaden des kühlschattigen Söllers, auf dem der Stifter vor der Ma-

Abb. 73. Petrus Cristus. Madonna mit dem Stifter. Federzeichnung. Wien, Albertina.

donna kniet, hinaus in einen hoch gelegenen Gartenhof, über dessen Zinnenmauer hinweg sich ein reizvolles Landschaftsbild dem Auge anthut. Ein breiter Fluß strömt durch eine volkreiche, vieltürmige Stadt, die so sanfte Hügel sich anlehnt. In stolzem Bogen spannt die mit einem Thorbau bewehrte Brücke sich über den Strom, belebt von zahlreichen Fußgängern. Weiter stromaufwärts taucht aus dem Wasser eine Insel mit zinnengekrönten Bauten, hinter der der Stromlauf in starken Windungen sich zwischen blauen Bergen verliert. Es sind die schon von van Mander gepriesenen, „herrlichen Ufer der Maas", wie sie das Auge auf jener Strecke entzücken, die von den Abhängen des Ardennerwaldes bis nach Maastricht hinabreicht. Von größeren Städten kommt hier nur Namur, Lüttich und Maastricht in Betracht, aber ich bekenne, daß trotz vieler Anklänge an Lüttich eine genaue Feststellung des Stadtbildes, das ähnlich auch auf anderen Bildern wiederkehrt, bisher nicht gelungen ist.

Immer wieder verlockt uns der Meister, dem, was er mit so sprechender Treue festgehalten, bis in die geheimsten Winkel nachzuspüren. Wir mögen und können nicht glauben, daß sein Wirklichkeitssinn, der aus jeder Falte im Antlitz, aus jedem Fliesenmuster des Fußbodens gerade in der Madonna des Kanzlers Rolin zu uns redet, ihm erlaubt hätte, einen landschaftlichen Hintergrund frei zu erfinden oder doch nach eigener Willkür aus Geschautem zusammenzusetzen. Sicherlich ist er aber auch hier zu Werke gegangen, wie bei vielen anderen Bildern. Mit einer genauen Studie nach dem Modell, in diesem Falle also dem knieenden Kanzler Rolin, begann er. Auch im ausgeführten Gemälde stellt diese Gestalt eine durchaus selbständige Einzelleistung dar. Strenge und Klugheit paaren sich in dem starkknochigen, glatt rasierten Männerkopf zu fesselndem Ausdruck. Den Ränken der Feinde seines Herrn begegnete Rolin zweifellos mit ebensoviel Schlauheit wie kaltblütiger Härte. Daß ein Leben in der aufreibenden Thätigkeit, wie sie die politischen Wirren der Zeit verlangten, seinem Antlitz frühe Falten eingrub, ist nicht zu verwundern. Selbst hier, an der Stätte der Andacht, scheint der Geist des rastlosen Mannes mit staatsmännischen Sorgen und Erwägungen beschäftigt. Die gekrausten Brauen deuten auf konzentrierte Gedankenarbeit.

Maria mit dem Christkinde im Schoße zu schildern, war Jan eine altgewohnte Aufgabe; den Faltenwurf des weiten, roten Mantels hat er vielleicht daheim in der Werkstatt von neuem besonders studiert. Der Kopf dagegen mit seinem sorgsam gescheitelten und hinter die Ohren gestrichenen Blondhaar, seinen unter hoch gewölbten Brauen gesenkten Augenlidern, der spitzen Oberlippe und dem Grübchen im Kinn, ist eine ziemlich genaue Wiederholung der Madonna von Lucca. Das Christkind wiederum kann die Zwillingsbrüderschaft mit dem Knaben im Brügger Altarbild in keiner Weise verleugnen. Etwas Altväterisches, Würdebewußtes spricht aus der Miene, mit der es seinen Segen erteilt; das Attribut der gläsernen Weltkugel in der Linken und die hölzern-steife Haltung verstärken diesen Eindruck. Den buntflügligen Engel im blauen Gewande schließlich, der die Last der Krone auf das Haupt der Madonna herabsenken will, möchte man am liebsten missen. Er mutet wie eine Zuthat von Schülerhand an; und doch wäre wohl keiner der bekannten Schüler van Eycks im stande gewesen, den blinkenden Edelsteintand dieser Krone so greifbar und malerisch wirksam zu gestalten.

Unsere Schilderung schon verrät, wie das Auge in diesem — etwa drei Spannen im Geviert messenden — Bilde heruntastet, stets lockt und festgehalten durch neue, über die Kunst des Meisters Aufschluß verheißende Einzelheiten. Wie aber ist, so fragt man schließlich, der Gesamteindruck? Hat Jan van Eyck auch verstanden, alle diese Dinge und Köstlichkeiten zu einem geschlossenen Bilde zu verschmelzen? Ein Pedant wird leicht herausfinden, daß die Gestalt des Stifters in wenig glücklichem Verhältnis zu der der Madonna steht. Auch die Ungeschicklichkeit der Raumdisposition der Halle oder der Verkürzung des Fußbodens und Ähnliches wird dem modernen Auge schwerlich verborgen bleiben, wenn man einmal darauf ausgeht, Fehler zu suchen. Trotz alledem empfindet der naive Beschauer so wenig wie der Kenner solche Unzulänglichkeiten angesichts der wunderbaren koloristischen Haltung, die dieses Bild

Abb. 74. Jan van Eyck. Christus. Berlin. Königl. Gemäldegalerie. Holz: 51:39 cm.
(Nach einer Originalphotographie von Braun, Clément & Cie. in Dornach i. E. und Paris.)

besitzt. Alle Gegensätze sind durch Übergänge und farbige Ausgleichung so meisterhaft gebunden, daß das Auge einen durchaus einheitlichen Eindruck empfängt.

Hier hat die Künstlerhand selber unzweideutig Zeugnis für sich abgelegt; mehr äußere Beweggründe führten dazu, ein Madonnenbild im Besitz des Barons Gustave

Rothschild für Jan van Eyck in Anspruch zu nehmen (Abb. 71). Wiederum kniet vor der Gottesmutter, der diesmal zwei heilige Frauen beigegeben sind, ein Stifter in einer Säulenhalle, deren Bögen den Blick frei geben, in ein reich staffiertes Stadtbild. Wiederum lenkt dies mit seinen unendlich feinen Einzelheiten das Auge anfangs von der Figurengruppe ab. Fast möchte man glauben, dieselbe Stadt vor sich zu sehen, wie im Louvrebild. Auch hier strömt ein mächtiger Fluß, von einer Bogenbrücke überspannt, zwischen wehrhaften Mauern dem Vordergrunde zu; auch hier umrahmen sanfte Hügelketten mit wohlbestellten Feldern und im Hintergrunde schneebedeckte Gebirgszüge die turmreiche Stadt. Nur ist der Standpunkt des Schauenden weniger hoch gedacht, alles in deutlichere, greifbare Nähe gerückt. Vor allem aber wehrt uns der Baldachin der Madonna, der den mittleren Bogen der Loggia verschließt, den vollen Überblick. Maria und ihr segenspendendes Kind beherrschen die figürliche Komposition. Das Heilige ist schärfer betont. Ist doch auch der knieende Stifter ein Geistlicher jenes Ordens, dem Weltabgeschiedenheit als oberstes Gesetz galt, ein Kartäuser. In weißer Kutte und Skapulier, mit kahlem Haupt, an dem die Tonsur nur noch wenig Arbeit haben mochte, kniet er mit gefalteten Händen, wie gebannt, nicht vor, sondern neben der Mutter Gottes, zu der er den Blick nicht zu erheben wagt, obwohl die Heilige Barbara ermutigend die Rechte auf seine Schulter legt. Die Arbeit des Betens scheint ihn so völlig in Anspruch zu nehmen, daß er die Umgebung vergißt. Rechts von der Madonna steht in schwarzem Weihel, aus dem nur ein schmaler Streif des weißen Vortuchs und des grauvioletten Unterkleides hervorguckt, eine Nonne des Franziskanerordens, die in ihrer Rechten eine reich geschmückte dreifache Krone hält, wohl die heilige Elisabeth. Sie blickt träumerisch auf den Beter hinab. Stiller Ernst waltet über diesen Gestalten, während in der heiteren Landschaft draußen munteres Leben pulsiert. „Schwäne schwimmen auf dem Wasser, ein voll besetzter Kahn gleitet darüber hin, andere Boote haben am Ufer angelegt. Die Thorbogen der Stadtmauer öffnen sich auf das geschäftige Treiben der Gasse. Auf der Straße vorn ein Bauernwagen von einem Leinwanddache überspannt, unter dem ein Pärchen vorlugt. Am Himmel ein Zug Kraniche und darüber leichte Haufenwolken. Zur Linken erstreckt sich ein Obstbaumgelände, ein Reiter und ein Jäger mit Speer ziehen des Weges, auch ein lustwandelndes Paar fehlt nicht. Schafe weiden auf einer grünen Trift, aus einem Thaleinschnitt ragen ein Kirchturm und Hausdächer empor, eine Herde Rinder steht auf einer Bergkuppe scharf gegen die Luft und aus der Ferne glänzen wieder die Schneehäupter herüber. Fremdartig genug ragt inmitten dieser Landschaft das Attribut der Barbara auf, ein massiger gotischer Turm mit durchbrochenem Helm. Durch das dreiteilige, von einem geschweiften Spitzbogen überspannte Fenster blickt man in das Innere, wo sich von einem sternbesäten blauen Grund die Bronzestatue des Mars — wie eine Unterschrift besagt — abhebt." [1])

Solche intime Einzelschilderung des bunten Gewimmels auf Feld und Wegen, solche mikroskopische Treue ist uns von der Rolinmadonna in guter Erinnerung. Man ist geneigt, sie Jan van Eyck vor allen Malern des Jahrhunderts zuzutrauen. Und doch vermögen all diese Kleinodskünste nicht unsere Bedenken zu beschwichtigen, die angesichts der Gestalten immer wieder und wieder sich vordrängen. Wie wuchtend schwer die Gewandmassen, die in filzartig steife Falten gelegt sind! Wie hart stehen die Figuren im Raum, wie ungeschickt hölzern hängt das Christkind im Arm der Mutter! Kann ein Meister, der stets die Möglichkeit seiner Motive gewissenhaft erwog, plötzlich die einfachsten Gesetze der körperlichen Schwere ignorieren? Vollends aber die Köpfe erschüttern den Glauben an die Urheberschaft Jans. So leere, einförmige Zierlichkeit kennen wir aus keinem seiner beglaubigten Werke. Alle individuelle Empfindung ist abgestorben in den Zügen dieser Heiligen; der puppenhaft kleine Mund, die spitze Nase, die flache ausdruckslose Modellierung des vollen Gesichts, alles mutet uns schülerhaft an. Man stelle einmal, um sich davon zu überzeugen, diese Madonna neben die im Typus

---

[1]) H. v. Tschudi im Jahrbuch der preußischen Kunstsammlungen 1894 p. 66.

Abb. 75. Jan van Eyck (?). Christus segnend. Berlin. Königl. Gemäldegalerie.
Holz: 18 : 13 cm.
(Nach einer Originalphotographie von Braun, Clément & Cie. in Dornach i. E. und Paris.)

ihr noch am nächsten verwandte des Dresdener Reisealtärchens: die Umrißlinien des Kopfes haben ihre zarte Sprache verloren, die kokette, aber lebendige Unbedeutendheit ist in schläfrige Gleichgültigkeit gewandelt, das derbe frische Christkind ist zu einem schwachgliedrigen Püppchen verkümmert. Auch der Kopf des Stifters mit seinen hart gezeichneten und dennoch thatunkräftigen Formen hält keinen Vergleich mit anderen Porträts von Jan van Eyck aus: ganz zu schweigen von dem hölzern unverstandenen, dabei aber mit großem technischen Raffinement gemalten Faltenwerk seiner Kutte. So unfrei schaltet nur ein Epigon mit dem vom Meister überkommenen Erbe. In der That kehren all die Schwächen, die hier zu Tage treten, in den Werken eines Eyckschülers, Petrus Cristus, in voller Schärfe und Deutlichkeit wieder. Ihm wird man daher bis auf weiteres die Rothschild-Madonna zusprechen müssen, wenn sie gleich die meisten seiner bezeichneten Schöpfungen noch immer erheblich überragt. Ihm und nicht Jan van Eyck gehört auch das winzige Madonnenbildchen an, das aus dem Besitz des Marquis of Exeter auf Burleigh-House in die Berliner Galerie gelangt ist (Abb. 72). Es steht schon äußerlich in engster Beziehung zu dem Rothschildschen Gemälde, dessen Komposition es teilweise wiederholt. Derselbe Kartäuser kniet als Schützling der heiligen Barbara vor der Madonna, die unter einem durchsichtigen Gazebaldachin in einer Säulenhalle steht. Es fehlt nur die Heilige Elisabeth. Zwischen den Bogenstellungen, die sicherlich der Vorhalle einer hoch gelegenen Karthause angehören, blicken wir hinab auf eine am Bergeshang liegende Stadt zu beiden Ufern eines mäßig breiten Flusses, der von den waldigen Höhen des Hintergrundes herabkommt. Krause Wölkchen schwimmen im Blau des Himmels.

Es wäre unverständig, zu leugnen, daß in diesem Beiwerk sich ein bedeutendes Können verrät, zu leugnen, daß die Art, den landschaftlichen Hintergrund so liebevoll und zugleich malerisch wirksam auszugestalten, Eyckisches Gepräge trägt. Aber, wie hart und leblos stehen die kalten Farben nebeneinander! Die Züge, an denen wir den Menschen, nicht den Handwerker im Künstler erkennen, sind durchaus andere, als die, welche Jan van Eyck in seinen übrigen Werken uns zeigte. Die Fähigkeit, Menschen aus Fleisch und Blut im Bilde erstehen zu lassen, fehlt diesem Maler. Der Absicht, treu das in der Natur Geschaute wiederzugeben, tritt der Wunsch in den Weg, zierlich und gefällig zu sein. Jan van Eyck läßt uns diesen Widerstreit der Neigungen wohl auch gelegentlich empfinden, aber niemals unterliegt sein kräftiger Wirklichkeitssinn so wie hier. Damit soll nicht gesagt sein, der Maler des Berliner Bildchens habe etwa im Bann akademischer Vorschriften gestanden, die alles Störende gefällig beseitigen. Das XV. Jahrhundert ist zu beneiden, daß es dieses schön gedrechselte Prokrustesbett künstlerischen Geistes noch nicht kannte. Wo die schöpferische Kraft jener Zeit versagt, tritt meist die handwerkliche Dressur beleidigend zu tage. Dieser Satz darf auf unser Bild zwar nicht in voller Schroffheit angewandt werden, aber die Meisterehre eines Jan van Eyck ist es wohl wert, daß man peinlich alles noch so gute Gesellenwerk von ihr abweist. Gesellenwerk ist und bleibt die kümmerliche, langhalsige Gestalt der Madonna mit ihrem metallisch glänzenden Drahthaar; Gesellenwerk die altbackene, unentwickelte Heilige Barbara, der wie allen übrigen Figuren Reize und Freiheit mangelt. Mag immer auch anderen Schöpfungen Jans seelische Beweglichkeit versagt sein, so hölzerne Puppen hat er niemals hingestellt, niemals auch seine Formen so ängstlich gedrechselt, so stark auf äußere Nettigkeit hingearbeitet. Was an seiner Kleinkunst immer von neuem entzückt, ist gerade die malerische Haltung, der durch Farbenübergänge vermittelte Ausgleich aller plastisch-harten Gegensätze; er fehlt aber diesem Bild. Auch seine Gewandbehandlung geht sonst nicht, wie hier auf lineare Wohlgefälligkeit und kleinliche Motivhäufung aus, sondern bekundet in ihren großen, scharf aufeinander stoßenden oder sternförmig am Boden sich ausbreitenden Falten und Brüchen selbst auf miniaturartig kleinen Bildern noch monumentalen Sinn. Seine Gemälde sind durchaus nur den Farben zuliebe gemalt, die Berliner Madonna kokettiert daneben sehr sinnfällig mit Formen und Linien. All diese Eigenschaften, die nur neben den Leistungen Eyckischer Kunst als Mängel erscheinen, kennzeichnen eine Entwicklungsstufe der flandrischen Malerei, die von der so überraschend schnell erklommenen Höhe unmerklich herabführt und die zugleich die erste Staffel bildet, von der die kommende Generation zu neuen Zielen emporsteigen sollte. Werke solcher Übergangszeit haben meist das Los, zeitweilig überschätzt zu werden, um mit dem Augenblick, wo die Hauptträger des Fortschrittes klarer in ihrer Eigenart erkannt werden, wieder auf den ihnen wirklich zukommenden Platz bescheiden zurückzutreten.

Wer das Berliner Bild gegen derartige Zweifel verteidigen will, braucht sich indes nicht auf künstlerische Beweisgründe einzulassen. Scheint doch ein auf der Rückseite aufgeklebter Zettel wertvolle Bestätigung für die Annahme von Jans Urheberschaft zu enthalten; er besagt, daß das Bild von Jan van Eyck für den Abt von Sankt Martin in Ypern gemalt worden sei. Thatsächlich aber beweist er nur, daß ein Besitzer am Ende des vorigen Jahrhunderts den Glauben hatte, sein Bildchen sei mit einem in der älteren Litteratur öfter erwähnten Ori-

Ｇegrüſſet ſeyſtu heiliges angeſicht vnſers erlöſers Inden do ergld ſtet die geſtalt des göttlichen ſchynes.
Ｇegrüſſet ſeyſtu ein zier der welt/ein ſpiegel der heiligen/das die geiſt der hymeln begeren an zuſehen/reinig
vns von aller beſleckung des ſünden vnd fug vns zu der geſelſchafft der ſeligen Ｇegrüſſet ſeyſtu vnſer ein
dieſem ſrancken vnd zergencklichen leben/das da ſchnellig klich hynlaufft/fure vns an das vertzeilent Ｏb der
lige figur zu ſehen das angle Chriſti mit einem rainen gemuet Ｇerkuß vns ein ſicher hulff/ein ſüſſe ergetz
licket vnd ein troſt/das vns nit ſchad die beſchwerung des ſynden/ſunder das wir vns gebrauchen der rûg mit
den ſeligen/ſprechen wir all Ａmen. Ｐfortzheim. 1507.

Abb. 76. Das Bildnis Chriſti. Deutſcher Holzſchnitt vom Jahre 1507.

ginal unſeres Meiſters identiſch. Auch der Notiz eines holländiſchen Auktionsverzeichniſſes von 1662, daß mit dem Nachlaß eines Chordekans van Eindhoven „een L. Vrouw met een Carthuyſer, geſchildert by Jan van Eyck, de vinder van de olyverw" verſteigert ſei, könnte man beſtenfalls Bedeutung nur beimeſſen, wenn die Schickſale der Berliner Madonna ſich bis in dieſe Zeit zurückverfolgen ließen. Schon vom Ende des XVI. Jahrhunderts haben wir Nachricht, daß eine "Madonna mit dem H. Bernhard und einem Engel" ſich als Werk des „Rupert van Eyck" im Beſitz des Erzherzogs Ernſt von Öſterreich befand, und man hat kein Bedenken getragen, auch dieſe Notiz mit unſerem Bild in Verbindung zu bringen. Daß der Taufname des Malers hier in Erinnerung an den großen älteren Bruder zum Rupert umgeſtaltet iſt, könnte hingehen; ſchwerer ſchon begreift man, wie die heilige Barbara mit ihrem deutlichen Attribut als Engel angeſehen werden konnte. Vollends unwahrſcheinlich aber iſt in der Zeit des ſtreng katholiſchen Erzherzogs Ernſt, eines Sohnes Maximilians II., der 1594 die Statthalterſchaft der Niederlande antrat, eine Verwechſelung der Kartäuſertracht mit der des Ciſtercienſerheiligen Bernhard, der ſtets mit ſchwarzem Skapulier dargeſtellt wird.

Solche Einwände gegen die äußere hiſtoriſche Beglaubigung des Bildes würden den Vorwurf kleinlicher Tüftelei verdienen, handelte es ſich um ein Werk, dem der Stempel Eyckiſchen Urſprungs unzweidentig aufgeprägt ist. Bei einem Bild, das bisher unbeanstandet und doch ohne Recht den Namen dieses Meisters trug, ist ihre Erörterung nicht zu umgehen. Gerade die vermeintliche Geschichte zweifelhafter Bilder, die legendarische Überlieferung von den Schicksalen, die sie durchgemacht, gibt ihnen in den Augen derer, die das Rüstzeug historischer Kritik zu gebrauchen nicht gewohnt sind, unverdientes Ansehen. So wurde auch ein in belgischem Privatbesitz befindliches Triptychon lange als gut beglaubigte Arbeit des Jan van Eyck bezeichnet; die augenfällige Übereinstimmung alter Beschreibungen mit dem gegenwärtig in Loewen bei dem belgischen Minister des Inneren Herrn Schollaert aufbewahrten dreiteiligen Altarwerk scheint auf den ersten Blick überzeugend. Auch hier gilt es zunächst, die Nachrichten sorgfältig zu prüfen. In einem alten, aber wohl nicht mehr dem XV. Jahrhundert angehörenden Register der Gemeinschaft der grauen Brüder zu Ypern fand sich die Angabe, daß im Jahre 1445 Meister Joannes van Eycken, ein berühmter Maler, zu Ypern das prächtige Altarbild gemalt habe, das in dem Chor der dortigen Martinskirche aufgestellt wurde zum Gedächtnis für den Abt oder Prior des Klosters, Nicolaus Malchalopie, der ebendort begraben liegt. Um die Mitte des folgenden Jahrhunderts berichtet der Geschichtsschreiber van Baernewyk ebenfalls von einem in alter Zeit von Jan van Eyck gemalten Bilde, das sich in der Martinskirche zu Ypern befunden, und fügt 1574 eine Beschreibung desselben hinzu: Im Mittelbilde steht die Madonna, vor der ein Abt oder Prior kniet. Die Flügel sind unvollendet und haben je zwei Abteilungen, auf denen der brennende Busch, das Fell des Gideon, die Pforte Ezechiels und der Stab Aarons — nach der Anschauung des Mittelalters alttestamentarische Anspielungen auf die Jungfräulichkeit Mariä — dargestellt sind. Diese Beschreibung ging dann fast wörtlich in die Lebensschilderungen der Maler von Carel van Mander (1604) über. Auch eine Topographie Flanderns aus der Mitte des XVII., sowie eine von zwei Benediktinern verfaßte Reisebeschreibung aus dem Anfang des XVIII. Jahrhunderts berichten, wenngleich ziemlich flüchtig, von einem Bilde Eycks im Chor der Martinskirche zu Ypern. Angeblich ist dann dieses Kunstwerk am Ende des vorigen Jahrhunderts von dem letzten Bischof von Ypern, um es vor den französischen Invasionstruppen zu retten, in sein Palais überführt worden; bei einer Versteigerung seines Nachlasses erwarb es ein Fleischer zu einem Preise, der dem Holzwert etwa entsprechen mochte, und vor dem Schicksal, im Metzgerladen zu Brennholz zerkleinert zu werden, bewahrte es ein Kunstliebhaber, der es dem vandalischen Schlächter abkaufte — um es bald wieder weiter zu verkaufen. Mehrfach wechselte es den Besitzer, bis es schließlich in die Sammlung Schollaert gelangte. Die Geschichte von dem romantischen Geschick dieses seltenen Denkmals altflandrischer Kunst wurde jedesmal ausführlich berichtet — vielleicht noch etwas phantastischer ausgeschmückt — wenn es galt, ihm einen Käufer zu finden. Die Zweifel daran drücken sich aber wohl am deutlichsten in der Summe aus, die es schließlich auf einer Auktion erzielte: 1600 Francs, das ist ein Preis, der auch im Jahre 1861 für ein Original des Jan van Eyck als lächerlich niedrig gelten muß. Nun aber fällt das ganze Kartenhaus, das man auf einem so ehrwürdigen Dokument, wie die Chronik der grauen Brüder immerhin genannt werden darf, aufgebaut, mit seinem Fundament zusammen. Urkundliche Bedeutung kann man einer Nachricht nicht beilegen, die mit älteren unanfechtbaren Dokumenten sich in offenbaren Widerspruch setzt: Jan van Eyck konnte im Jahre 1445 beim besten Willen in Ypern nicht malen, da er damals nachweislich bereits vier Jahre — unter der Erde ruhte. Der Verfasser jener Annalen gab vielleicht in gutem Glauben eine Überlieferung wieder, die unter den Klosterbrüdern von St. Martin fortbestand, ihm folgten wiederum willig die Schriftsteller, die sich mit Ypern oder Jan van Eyck beschäftigten. Weniger guten Glauben, als verstimmende Absicht lassen dann die Fortsetzer dieser Legende in unserem Jahrhundert erkennen. Von dem heute in Loewen befindlichen Bilde, das freilich durch Übermalungen nahezu bis zur Unkenntlichkeit entstellt sein soll, vermuten gewiegte Kenner, daß es eine auf die litterarischen Nachrichten hin versuchte Fälschung und frühestens im

Abb. 77. Jan van Eyck. Bildnis seiner Frau. Brügge. Akademie.
Holz: 32 : 26 cm.

XVI. Jahrhundert entstanden sei. Aus der ungenügenden Abbildung des Mittelbildes, die mir allein vorliegt, geht mit Sicherheit nur hervor, daß dieser Madonnendarstellung eine Zeichnung zu Grunde liegt, die, gegenwärtig in der Albertina zu Wien aufbewahrt (Abb. 73), im Typus der Madonna und in der Gewandbehandlung die denkbar größte Verwandtschaft mit den Arbeiten des Petrus Cristus zeigt. Eine ganz verwandte Zeichnung befindet sich im Germanischen Museum zu Nürnberg. Ob nun Petrus Cristus hier, gleich dem Maler des Loewener Triptychons, ein Original seines Lehrers kopiert hat, oder ob man nach den Zeichnungen, die den Namen des Jan von Eyck tragen, unter Benutzung der verbreiteten Angaben des Vaernewyk und van Mander das fragliche Bild gefälscht hat, vermag ich nicht zu entscheiden. Aus dem Verzeichnis der sicheren Werke des Jan von Eyck darf man jedenfalls jene unzulängliche Leistung tilgen.

Aber auch die Beurteilung der Echtheit nach rein künstlerischen Merkmalen erheischt Vorsicht. Wollte man sie ausschließlich bei der Ahnenprobe gelten lassen, so würde der Christuskopf Jan van Eycks in der Berliner Galerie (Abb. 74) diese nicht zu best bestehen. Die starre Vorderansicht fordert unwillkürlich zu einem Vergleich mit dem Kopf Gottvaters im Genter Altar (Abb. 22) heraus. An die Stelle ernster, männlich gereister Kraft ist hier aber ausdruckslose, weichmütige Zartheit getreten. Langlockiges, in der Mitte gescheiteltes Haupthaar liegt über der hohen, flach modellierten Stirn; unter den leise geschwungenen Brauen blickt ein mildes, aber wenig fesselndes Augenpaar auf den Beschauer. Der schmale Nasenrücken, die geschlossenen, von krausem Barthaar umrahmten Lippen, das kurze

7*

unter ebensolchem Kraushaar halb geborgene Kinn, alles will nur den allgemeinen Eindruck sanfter Milde wecken, jeder Zug persönlicher Sonderart oder geistiger Spannkraft ist in den Fesseln hierarchischen Herkommens erstarrt. Nicht den mächtigen König der Könige, wie die Inschrift am Haupt. Die beigegebenen Buchstaben Alpha und Omega, I und F bedeuten, daß in Christo Anfang (Initium) und Ende (Finis) alles Irdischen beschlossen ist. Ähnliches drücken die lateinischen Inschriften auf der steinartig bemalten Umfassung aus: Der Weg, die Wahrheit das Leben und: der

Abb. 78. Jan van Eyck. Männliches Bildnis. Leipzig. Städtisches Museum.
Holz: 26 : 19 cm.

Gewandsaum ihn nennt, nicht den von tiefster Menschenliebe und tiefstem irdischen Leid bewegten Dulder sehen wir vor uns, sondern das ins Ebenmäßige gewandelte Bild des himmlischen Erlösers, wie es uns aus den Mosaiken römischer Kirchen bekannt ist. Ein in zierlichen gotischen Schnörkeln mit feinem Goldpinsel aufgetragener Heiligenschein in Kreuzform umstrahlt das erste, der letzte. All dieser Aufwand an theologischen Beigaben, wie die ganze Auffassung will uns wenig im Sinne des Jan van Eyck dünken, der sonst so gern jeden Heiligenschein seinem Wirklichkeitssinn opferte. Nur unscheinbare Kleinigkeiten, wie die einzelnen Härchen, die vom glatten Scheitel losgelöst auf Stirn und Schläfen sich vordrängen, bekunden, daß der Maler einen schüchternen Versuch machte, die glatten und starren Linien durch naturalistische Einzelzüge zu beleben. Das Bild trägt aber auch die alte Inschrift: Johannes de Eyck me fecit et applevit anno 1438. 31. Januarii, und dazu noch seine Devise: Ame ich chan (so gut ich kann). Ja es muß unter den Schöpfungen des Meisters eines besonderen

Seitenansicht (Abb. 75), der ebenfalls Eyck zugeschrieben wird, obwohl er dessen Signatur nicht trägt. Die Herbheit der Züge dieses Profils steht in auffallendem Gegensatz zu dem eben geschilderten Enfacebildnis. Sie ist aber nicht etwa das Ergebnis unmittelbaren Naturstudiums, vielmehr läßt sich erweisen, daß hier eine Nachbildung des

Abb. 79. Jan van Eyck. Giovanni Arnolfini.
Berlin. Königl. Gemäldegalerie. Holz: 29 : 20 cm.
(Nach einer Originalphotographie von Braun, Clément & Cie. in Dornach i. E. und Paris.)

Rufs genossen haben, da nicht weniger als drei alte Kopien (in der Akademie zu Brügge, der Alten Pinakothek zu München und in englischem Privatbesitz) davon bekannt sind. In gewissem Sinne darf es sogar eine kanonische Geltung für alle niederländischen Christusdarstellungen der Folgezeit in Anspruch nehmen.

Neben diesem Christuskopf hängt in der Berliner Sammlung ein zweiter in

sogenannten „wahren Christusporträts" vorliegt, das, in Edelstein geschnitten, am Ende des XV. Jahrhunderts aus Konstantinopel nach Rom in den Besitz des Papstes gelangte. Ob diese Kamee heute noch dort aufbewahrt wird, wissen wir nicht, aber ein kleines italienisches Bronzerelief bezeugt, wie früh im Abendlande die Überlieferung Glauben fand, der Smaragd des Papstes bewahre die wirklichen Züge des Erlösers der Nachwelt auf. Die Vorderseite dieser runden Plakette nämlich zeigt das Profilbildnis Christi, in der gleichen Auffassung und Form, wie das Berliner Bild, eine lateinische Inschrift auf der Rückseite gibt dazu die Erklärung, daß „solche genauen Bildnisse des Herrn Jesu unseres Erlösers und des Apostels Paulus in Smaragd geschnitten von den Vorgängern des Großtürken (Muhamed II.) sorgsam aufbewahrt und von ebendiesem (thatsächlich) aber erst von seinem Nachfolger Bajesid II.) dem Papst Innocenz' VIII. geschenkt worden seien, damit er des Sultans Bruder in Gefangenschaft behielte".

In der That war ein Bruder Bajesids II., Tjem, der die Herrschaft in den asiatischen Provinzen an sich gerissen hatte, von Rhodiserrittern gefangen genommen und dem Papste ausgeliefert worden. Nach dem Tode Innocenz' VIII. ließ ihn dessen Nachfolger, der berüchtigte Alexander VI. aus dem Hause Borgia, 1495 vergiften.

Die Inschrift der Medaille spricht von „Bildnissen" Christi und des Apostels Paulus. Auch das Berliner Profilbild scheint eine Ergänzung zu verlangen und stellt nur das Fragment einer größeren Komposition dar, wie schon die halb abgeschnittene segnende Hand und das gemalte Rahmenwerk auf der rechten Seite ahnen läßt. Die segnende Haltung des Heilandes läßt an Maria denken, die auch auf einer Plakette aus Donatellos Schule ähnlich ihrem Sohn gegenüber gestellt ist.

Unaufgeklärt bleibt, wie Jan van Eyck ein Original so genau kopieren konnte, das zu seinen Lebzeiten sich in Konstantinopel befand. Hatte einer der flandrischen Orientfahrer ihm einen Abdruck des kostbar gehüteten Kleinods mitgebracht, oder waren solche überhaupt schon im Abendlande verbreitet, ehe das Urbild seinen Weg dorthin fand? Wir kennen zahlreiche Wiederholungen des Typus vom Ende des XV. und Anfang des XVI. Jahrhunderts (Abb. 76), aber keine, die in die Zeit der Brüder van Eyck hinaufreichte. Trotz solcher historischen Bedenken ruft die emailartige Maltechnik, die feine Modellierung des Kopfes immer wieder den Namen Jans auf die Lippen.

Daß wir bei so vielen Arbeiten dieser Zeit vergebens uns um den Nachweis bemühen, daß wirklich nur Jan van Eyck und kein anderer ihr Schöpfer sein kann, liegt vor allem daran, daß die Quellen zur Geschichte seines Lebens überaus spärlich fließen. Umsonst sucht man nach Angaben, die Einzelheiten seiner Künstlerlaufbahn enthüllen, die die Umstände und Verhältnisse im letzten Jahrfünft seines Lebens schildern oder auch nur andeuten. Um so größere Bedeutung kommt einem mit seiner Handmarke versehenen Bildnis zu, dessen Betrachtung uns in den intimsten Familienkreis des Meisters führt. Es ist das Brustbild seiner Gattin, das ehemals neben dem leider verschollenen Selbstporträt des Künstlers in der 1452 erbauten Zunftkapelle der Maler und Sattler Brügges einen Ehrenplatz einnahm und erst am Anfang unseres Jahrhunderts in das Museum der dortigen Akademie gelangte (Abb. 77), nachdem man es 1794 mit Mühe einem Agenten der französischen Republik, der es mit den übrigen Kunstschätzen Brügges nach Paris schleppen wollte, verweigert hatte, unter dem Vorwande, daß die Bilder der Lukasgilde Pfandobjekte für deren Schulden seien. Die lateinische Inschrift auf dem Rahmen des erheblich unter Lebensgröße gehaltenen Conterfeys spricht eine liebenswürdig naive Sprache: „Mein Mann Jan vollendete mich im Jahre 1439 am 17. Juni. Meines Alters war ich dreiunddreißig Jahre. Als ich thau." Das Bildnis selbst scheint hinzuzufügen: auffallend schön war ich nicht gerade, aber brav, klug und treu. Dies Selbstbekenntnis lesen wir aus dem festen Blick des Auges, der freien Stirn und von den schmalen Lippen des Mundes ab, der mit dem energischen Kinn und den hoch gewölbten Augenbrauen ein gewisses Maß zähen Eigenwillens bekundet. Die ehrsame Malersgattin hat ihren Sonntagsstaat angelegt; aus der Hochzeitstruhe nahm sie ein frisch gestärktes und gebügeltes Linnentuch mit krausem Faltensaum, es über die gepolsterten Wülste der Hornhaube zu breiten, die das Haupthaar völlig verbirgt. Der am Halse aufstehende, mit grauem Pelzwerk eingefaßte Oberrock aus Scharlachtuch läßt von den Körperformen wenig erkennen; hart unter der Brust ist er mit einem breiten grünen Seidenband gegürtet. Aus den faltigen Ärmeln aber streckt sich eine zierliche, aus-

Abb 80. Jan van Eyck. Madonna am Springbrunnen.
Antwerpen. Königl. Gemäldegalerie. Holz: 19 : 12 cm.
(Nach einer Originalphotographie von Braun, Clément & Cie. in Dornach i. E. und Paris.)

druckvolle Hand hervor, an deren Ring- | weißen Kopftuchs, die Modellierung der
finger der goldene Ehereif glänzt. Die | Ohrmuschel, des Halses, der Nase — läßt
Durchführung des Kopfes, — wie die | den Eifer erkennen, mit dem Jan bei der
Aufhellung des Schlagschattens auf der | Sache war, als sein Ehegespons ihm
linken Gesichtshälfte durch den Reflex des | Modell saß. Hier brauchte er keine Ungeduld

zu fürchten, jeder Zug des Antlitzes war ihm vertraut und lieb, und trotz alledem würde vor dem Bilde eine starke Enttäuschung erfahren, wer den fesselnden Ausdruck augenblicklicher Stimmung oder auch nur die Spuren individueller Gemütsverfassung in diesen Zügen suchte.

Zunächst müssen wir bei den Erstlingen der Porträtmalerei bedenken, wie wichtig dem Dargestellten selbst der Akt erschien; die natürliche Ehrbarkeit versteifte sich unwillkürlich in dem Gedanken, daß Mit- und Nachwelt über sie zu Gericht sitzen würde. Ja, man glaubt eine gewisse ängstliche Scheu aus den gespannten Zügen der meisten Bildnisse Eycks herauszulesen, ähnlich, wie uns Photographien aus der ersten Zeit nach der Erfindung der Lichtbildnerei stets den Eindruck erwecken, als hätte der Photographierte das Gefühl eines Delinquenten nicht ganz überwinden können. Auch ist nicht zu verkennen, daß etwas vom Temperament des Künstlers in all seine Bildnisse übergeht. Jans phlegmatische Beharrlichkeit gibt — obwohl er niemals von den wahrnehmbaren Besonderheiten des Modells abzuweichen sich verleiten ließ — all seinen Porträts eine gewisse Wesensgleichheit.

Fast beleidigend nahe tritt uns diese Behäbigkeit in dem Brustbild eines Hofmanns, das lange Zeit als Werk eines unbekannten deutschen Malers im städtischen Museum zu Leipzig hing, bis eine Restauration durch Profesor Hauser den Eydischen Charakter der Malerei herausstellte (Abb. 78). Es wird uns anfangs schwer, die grobschlachtig feisten Züge einem Kavalier des eleganten burgundischen Hofs zuzumuten. Die eigentümliche Art des Haarschnitts, die wir schon beim Kanzler Rolin kennen lernten, entspricht indes den höfischen Vorschriften, denen sich ein Privatmann kaum unterwarf. Der reiche Pelzbesatz des grünen Rockes weist ebenfalls auf eine vornehme Stellung seines Trägers, der allerdings, nach seinem Aussehen zu urteilen, über den Staatsgeschäften die Tafelfreuden keineswegs vergaß. Dankbar für den Segen, der seiner wohl nicht allzu aufreibenden Thätigkeit beschieden, faltet er die Hände zum Gebet. Diese Haltung ist für ein einfaches Bildnis eines Laien ungewöhnlich; wahrscheinlich hat man es mit dem Ausschnitt aus einem größeren Gemälde zu thun, in dem unserem Grünrock die Rolle des Stifters zugedacht war, der vor der Madonna kniet; oder mit der Studie zu einem solchen Bilde, wenngleich die malerische Vollendung und Durchführung nichts weniger als skizzenhaft genannt werden kann. Wer auf Einzelheiten, wie die scharfen unvermittelten Schlagschatten, achtet, die Kopf und Hände vom Hintergrunde loslösen, wird die Vorstellung, daß der Meister zunächst nur vorbereitend mit seiner Aufgabe beschäftigt gewesen, nicht abweisen können. Versteht er es doch sonst gerade so unübertrefflich, Hintergrund und Kopf zusammenzustimmen, ohne den Beschauer ahnen zu lassen, daß jede Übersetzung der Natur handwerkliche Kunstgriffe vom Übersetzer verlangt. Wie glücklich ist zum Beispiel das Brustbild des Giovanni Arnolfini in der Berliner Galerie, das ungefähr in derselben Zeit, wie das Leipziger Porträt entstanden sein dürfte, in der Beziehung gelungen! (Abb. 79). Die etwas gealterten und spitzer gewordenen Züge des Genueser Tuchhändlers lassen darauf raten, daß seit dem Tage, wo er zum erstenmale seinem Freunde Modell stand, einige Jahre ins Land gegangen sind; ja, hätte die Natur ihm nicht in seiner Solonase ein untrügliches Erkennungsmal mitgegeben, man könnte zweifeln, ob dieser müde und dabei lauernde Blick, ob dieses resigniert-spöttische Lächeln auf den blutleeren Pharisäerlippen wirklich dem gleichen Mann eignen, der 1434 so vorbedacht seinen Ehebund schloß. Hat das Leben an der Seite der erheblich jüngeren Jeanne Chenany ihn enttäuscht und verbittert? Der Umstand, daß die beiden Gatten nicht in der gleichen Gruft, ja nicht einmal in derselben Kirche beigesetzt wurden, gibt zu denken. Es wäre indes müßig, den Gedanken ohne weiteren Anhalt auszuspinnen. In der fest an den Körper gedrückten Rechten hält Arnolfini ein zusammengefaltetes Papier, und der seitwärts gerichtete Blick scheint einem Klienten oder Gläubiger sagen zu wollen, daß von der Herausgabe des Schriftstücks viel abhängt. Auch hier muß der übereifrige Deuter sich den nüchternen Einwand gefallen lassen, daß der Maler ebensowohl seinem Modell aus rein äußerlichen Gründen etwas in die Hand gegeben haben könnte. Wenn wir aber in Kunstwerken des XV. Jahrhunderts Beziehungen und versteckte Andeutungen suchen, so dürfen wir uns auf die überlegte Denkweise der alten Zeit berufen, die noch immer nicht ganz entwöhnt war, die Malerei lediglich als Bildersprache anzusehen, und danach ihre Beigaben und Abzeichen wählte. Daß wir diese heute nicht klar zu entziffern vermögen, beweist keineswegs, daß sie bedeutungslos sind. Arnolfini wurde in den Rat Philipp des Guten berufen. Ist das Papier in seiner Hand vielleicht das Patent dieser Ernennung?

Nicht, weil sie rätselhaft, reizen uns die Bildnisse Jans; es gibt gegenständlich rätselhafte und doch recht gleichgültige Kunstschöpfungen. Vor seinen Bildern aber bleiben wir gebannt, jeder Versuch, sie zu ergründen, führt uns vor neue Fragen und — wir werden dieser Fragen niemals müde, weil uns das Gefühl leitet, hier einer Künstlernatur gegenüber zu stehen, deren Geheimnisse zugleich das Geheimnis jenes größten Umschwungs bergen, den die Entwickelungsgeschichte der Malerei kennt. Freilich dürfen wir uns nicht von dieser Erscheinung derartig hypnotisieren lassen, daß wir den Hintergrund, von dem sie sich abhebt, darüber vergessen. Vergebens suchten wir nach dem Lehrer der Brüder aus Maaseyck; die Geschichte hat seinen Namen nicht aufbewahrt, Werke, die uns auf die rechte Spur führen könnten, sind nicht erhalten. Überraschend wie ein unvorhergesehenes Naturereignis steht plötzlich das Genter Altarwerk vor uns, Neuheit und Vollendung an seiner Stirn tragend, eine Befreiungsthat, zu der die Kräfte in geheimnisvoller Stille gereift waren. Jan van Eyck, dessen Wege von hier an sich einigermaßen klar verfolgen lassen, setzt mit stets gleicher Stärke des Könnens das so groß und glücklich Begonnene fort, anscheinend nur mit sich und seinen Aufgaben beschäftigt, unbekümmert um das künstlerische Geschehen außerhalb seiner Werkstatt.

Wer hätte dem aus eigener Kraft so hoch gestiegenen Malerfürsten auch etwas lehren können? Italien, wo die neue Zeit mächtig ihre Schwingen zu regen begann, war ihm, soviel wir wissen, unbekannt geblieben. Die großzügige, weiträumige Kunst, wie sie in

Abb. 81. Meister Stephan. Madonna.
Köln. Erzbischöfliches Diöcesan-Museum.

Masaccios Werken zuerst sich offenbarte, wäre ihm wohl verwunderlich erschienen; ihn aus seiner Bahn zu drängen, hätte sie nicht vermocht. Die Sonderart seiner Anlage wies ihm andere Ziele und Wege. Die französische und burgundische Miniaturmalerei hatte er übertrumpft, ihr erst die Zunge gelöst zu freier Sprache. Seine Kleinkunst wurzelt vielleicht in der technischen Überlieferung dieser Buchmalerei, ja sie teilt mit ihr einzelne Schwächen und Mängel. Der Bilderschmuck der kostbaren, für fürstlichen Gebrauch bestimmten Handschriften sollte vor allem Glanz und Pracht sehen lassen und das prunkvolle Äußere des zeitgenössischen Lebens in kleinem Raum wiederspiegeln. Tiefe religiöse Empfindung konnte in den winzigen Köpfchen und Gestalten der Miniaturen nicht zum Ausdruck gebracht werden; dem Erbauungsbedürfnis trug ja auch schon der geistliche Text der Bücher genugsam Rechnung. Auch Jan van Eyck vergaß oft über der sorgsamen und reichen Durchführung der gegenständlich reizenden Dinge das seelische Leben, Stimmung, Gemütsbewegung und Leidenschaft. In seinen Madonnengestalten blieb stets ein Rest kleinbürgerlich-hausbackener Nüchternheit; das Gefühl, den Gottessohn und Welterlöser im Arm zu tragen, drückt sich in der feierlichen Haltung und Behutsamkeit des Anfassens aus, es schmilzt selten ganz unter dem warmen Strom rein menschlicher Mutterliebe. Selbst in dem Frankfurter Bild der nährenden Maria überwiegt die Ehrfurcht vor dem Säugling; die Magd Gottes, die solchen Ammendienstes gewürdigt ward, hat die Schüchternheit und Scheu vor dem hohen Amt noch nicht ganz überwunden.

Es bedarf nur der Rückschau auf diese älteren Madonnen, um das Neue, ja Fremde herauszufühlen, das die Maria am Springbrunnen im Antwerpener Museum offenbart (Abb. 80). Das späteste bezeichnete Bild, das wir von unserem Meister besitzen, scheint einen plötzlichen Umschwung zu bekunden. Vor rotgoldenem Damastteppich, den schwebende Engel in wallenden Gewändern vor einer Blumenhecke ausbreiten, steht die Muttergottes in saftigem blauen Mantel, ihr Kindlein an die Brust drückend. Das umfaßt liebkosend mit der Rechten den Hals der Mutter und streckt die Linke mit dem Rosenkranz weit von sich, als wolle es von den Andachtsübungen nichts wissen. Ein zierlicher Springbrunn auf messingenem Ständer steht links von der Gruppe.

Wir glauben uns vor diesem Bilde in eine ganz andere Region des Empfindens versetzt. Die ernste Neigung des Kopfes, die Haltung der Hände Mariens sprechen eine so ungewohnt beredte Sprache von Liebe und Glück, die volleren und weicheren Formen ihres Antlitzes sind so gefügig, den zartesten Regungen des Herzens Ausdruck zu leihen wie in keinem andern Bilde des Künstlers. Der Körper, der bisher nur aus Knochen, Muskeln und Haut zu bestehen schien, hat Nerven erhalten. Das dämmernde Bewußtsein, das so vielen Köpfen Eycks den Ausdruck der Müdigkeit lieh, ist aufgerüttelt, die warme Sicherheit des Mutterglücks erfüllt diese Gestalt. Auch das Motiv des Knaben, der sich innig an den Hals der Mutter schmiegt, ist für Jan van Eyck ungewöhnlich.

Ein Zweifel an der Echtheit des Antwerpener Bildes ist nicht erlaubt. Die bekannte Devise steht auf dem eine Marmoreinfassung nachahmenden Rahmen über der durchaus unverfänglichen Inschrift: „Johannes de Eyck me fecit complevit anno 1439." Was erklärt uns den hier so unzweideutig zu Tage tretenden Bruch mit der bisherigen Auffassung? — Im erzbischöflichen Diöcesan-Museum zu Köln hängt eine Madonna des Meisters Stephan (Abb. 81), deren Gestalt und Ausdruck viel Verwandtschaft mit unserem Bilde verrät. Das Werk des kölnischen Malers ist, nach äußeren Anzeichen zu schließen, etwa um 1435 gemalt, und die Frage, ob Jan van Eyck hier — zum ersten- und letztenmale — sich der Überlegenheit fremden Genies gebeugt hat, nicht zu umgehen. Sie muß bejaht werden. Nicht, daß er das Vorbild sklavisch kopiert hätte — allenfalls könnte man das Motiv der teppichhaltenden Engel als Entlehnung bezeichnen — aber von der Gefühlswärme und Weichheit Meister Stephans ist etwas in sein Werk übergegangen. Es ist, als hätte ihm der deutsche Meister zum Herzen gesprochen, ihn zur Einkehr in das reiche Innenleben überredet. Schon, daß er die Muttergottes auf einen Rasen stellt, in dem sich zierliche Maiglöckchen auf ranken Stielen wiegen, daß er den blühenden Blumenhag der engen Stube dem feierlichen Kirchenraum vorzieht, gibt dem Ganzen einen stark lyrischen Zug, der durch die zärtlich-liebevolle Vereinigung der beiden Gestalten noch verstärkt wird. Nie ist es dem Meister wie hier gelungen, weibliche Anmut zu schildern.

Abb. 82. Kopie nach Jan van Eyck. Madonna am Springbrunnen.
Federzeichnung.
Berlin. Königl. Kupferstichkabinett.

Es ist begreiflich, daß diese seltene Vereinigung von höchster malerischer Kunst und tiefem Empfinden Aufsehen erregte. Einem flandrischen Miniaturmaler des XV. Jahrhunderts diente das Bild zur willkommenen Vorlage, als es galt, einem Gebetbuch gefälligen Titelschmuck zu verleihen.[1]) Ein anderer zeichnete es in sein Skizzenbuch (Abb. 82). Aber auch zwei malerische Wiederholungen der Komposition sind bekannt. Die eine im Metropolitan Museum zu Newyork (Abb. 83) gilt einigen noch heute als eigenhändige Arbeit Jans; die härteren Formen und der stark an das Frankfurter Bildchen

---

[1]) Das Brevier, das diese früheste Kopie des Antwerpener Bildes enthält, befand sich im Besitz des englischen Sammlers E. Lawrence auf Abbey Farm Lodge bei London. Siehe: Shaw, Art of illumination. Taf. X. Vielleicht bezieht sich auf dies Brevier eine Eintragung in den Rechnungen des herzoglichen Hofes vom Jahre 1439, nach der Jan van Eyck einen Geldbetrag ersetzt erhielt, den er für die Ausschmückung eines Buchs im Auftrage des Herzogs einem „enlumineur de Bruges" vorgestreckt hatte?

erinnernde Madonnentypus machen solchen Irrtum begreiflich. Die Engelsfigürchen sind fortgelassen, der Baldachin vielmehr zwischen die Strebepfeiler einer gotischen Nische gespannt, die beklemmend eng die Madonnengestalt umschließt. Schon die späten Bauformen machen es unwahrscheinlich, daß Jan selbst Hand an das Bild gelegt. Die hölzerne Modellierung und Gewandbehandlung, die kalte Färbung mit ihrem grauen Schatten gemahnen vielmehr lebhaft an Petrus Cristus, der aus Unvermögen — oder aus Opposition —? den zarten Reiz des Urbildes abstreifte, um es in den ihm geläufigen Jargon der Werkstatt zu übersetzen. Der trockene Schleicher konnte den seltsamen Schwung des Meisters weder begreifen noch billigen.

Größere Ehren noch als dieser Kopie hat man seiner Zeit der im Berliner Museum befindlichen „Madonna mit dem Springbrunnen" angetragen (Abb. 84): Hotho sah in ihr eine Arbeit Huberts van Eyck, die selbst das Genter Altarwerk an Tiefe der Auffassung übertreffe und hoch über allem stehe, was Jan geschaffen. Dieser habe, so führt der feinsinnige Geschichtsschreiber der altniederländischen Malerei aus, in dem Antwerpener Bild den schwachen Versuch gemacht, die Komposition des älteren Bruders nachzunahmen. Heute lautet das Werturteil wesentlich anders: das Berliner Marienbild wird einem namenlosen Eycknachahmer zugesprochen, der die Züge der Madonna vergröbert, den Teppichhintergrund durch südländische Vegetation ersetzt und auch sonst sich einige Abweichungen von seinem Vorbild erlaubt hat, als das man allgemein das Gemälde im Antwerpener Museum anerkennt. Hat dieses doch neben der inschriftlichen Beglaubigung durch seine Geschichte den meisten Anspruch darauf, als Original zu gelten. Nicht nur, daß gerade seine Anordnung, wie wir sahen, bereits in zwei frühen Kopien wiederkehrt, auch in dem Bilderverzeichnis der Statthalterin Margarete von Österreich vom Jahre 1524 wird seiner gedacht als „einer Muttergottes mit ihrem Kind, das einen kleinen Rosenkranz aus Korallen in der Hand hält, sehr altertümlich, mit einem Springbrunnen und zwei Engeln, die einen goldgewirkten Teppich hinter ihr aufspannen", wobei allerdings überrascht, daß das Inventar von dem Namen des Malers nicht Notiz nimmt.

Später gelangte das Bild in den Besitz eines Dorfgeistlichen in Ostflandern, von dem es der Utrechter Sammler van Ertborn erstand, dessen reiche Sammlung seit 1840 einen wichtigen Bestandteil des königlichen Museums zu Antwerpen bildet.

Litterarische Überlieferung ließ auch ein Bild den Werken des Jan van Eyck zuzählen, das sich heute in der königlichen Pinakothek zu Turin befindet. Es stellt die Stigmatisation des heiligen Franz von Assisi dar (Abb. 85). In felsiger Einöde, aus der der Blick auf eine in der Ferne an Flußgestaden sich ausbreitende vieltürmige Stadt schweift, kniet der Ordensstifter in grauer Kutte, während vor seinem Schwärmerblick das von Seraphimsflügeln umgebene Kruzifix erscheint, dessen Wundmale sich durch ein Wunder auf ihn übertragen. Rechts hockt sein Genosse Leonhard, der, das von der Kapuze bedeckte Haupt auf die Hand lehnend, eingeschlummert ist. Manche Einzelheiten der Malerei erinnern an Eycks Bilder, und als die Nachricht auftauchte, daß im XV. Jahrhundert bereits zwei Franciscusdarstellungen aus der Werkstatt Jans bekannt waren, trug man kein Bedenken, das Turiner Bild für eine derselben zu erklären. Bald fand man auch eine kleinere Wiederholung im Besitz des Lord Heytesbury in Wiltshire (Schottland) auf, die genau dem erstgenannten Bilde entsprach.

Anselm Adornes, ein Bürgermeister der Stadt Brügge, hatte nämlich, bevor er im Jahre 1471 die Pilgerfahrt in das gelobte Land antrat, sein Testament aufgesetzt und jeder seiner Töchter ein „Täfelchen" vermacht, darauf der heilige Franciscus von Meister Jans van Eyck Hand konterfeit war; dazu bestimmte er, daß man beide Bildchen mit Flügeln versehen sollte, die für sein und seiner Frau Bildnis bestimmt waren. Diese Nachricht auf die beiden Bilder in Turin und Wiltshire zu beziehen, liegt ungemein nahe, und trotzdem sind neuerdings begründete Zweifel laut geworden, ob der Franciscus in Turin wirklich als eigenhändige Arbeit Jans gelten kann. Die entwickelten Formen und Verhältnisse der Figuren, die Gewandbehandlung, die phantastischen Felsen des Hintergrundes, die ungeschickte Art, wie das Knieen des Heiligen dargestellt ist — alles ist geeignet, den Eyckkenner mißtrauisch zu machen. Ohne die Echtheitsfrage endgültig entscheiden zu können

Abb. 83. Petrus Cristus. Madonna. New York. Metropolitan Museum.

da mir das in Schottland befindliche Bild bisher nicht zugänglich war — möchte ich die vergleichende Aufmerksamkeit auf ein Werk des Petrus Cristus in der Gemäldegalerie zu Kopenhagen lenken, das den heiligen Antonius mit einem Stifter darstellt und in wunderlicher Weise mit einer heiligen Familie des Anton van Dyck zusammengestickt ist (Abb. 86). Obwohl man zugeben muß, daß dies Stifterbildnis sich über das Niveau der Schülerkunst von Petrus Cristus erhebt und am ehesten einen Platz in der Nähe Eycks beanspruchen darf, wird man es doch niemals dem Meister selbst zuschreiben. Namentlich die kleinlichen, überzierlichen Hände, die hölzerne Modellierung der Köpfe und Gewänder, die etwas trockene Auffassung der Landschaft müssen als untrügliche Anzeichen gelten, daß das Kopenhagener Bild von Petrus Cristus gemalt ist. Der heilige Franciscus dürfte noch später entstanden sein.

Ebenso ist das unlängst erst dem Jan van Eyck zugeschriebene Bildnis eines bejahrten Mannes in der Sammlung des Baron Oppenheim zu Köln (Abb. 87) aus der Liste der Originale des Meisters zu streichen. Die zeichnerische Behandlung der Haare, die ins einzelne zerlegten mürben Formen des Gesichts widersprechen der weich vertreibenden, subtilen Malweise Jans. Ein Vergleich mit authentischen Bildnissen seiner Hand, wie dem Kanzler Rolin, dem Mann mit den Nelken und dem Greisenporträt in Wien belehrt, daß hier ein Erzeugnis späterer Zeit, hervorgegangen aus der Werkstatt eines derberen, mehr plastisch empfindenden Malers vor uns steht.

Es wäre eine undankbare Aufgabe, alle Bilder aufzuzählen, die irrtümlich mit dem Namen van Eycks in Verbindung gebracht sind, obwohl man noch in unseren Tagen auf diesem Gebiet wunderliche Dinge erlebt, wie einige oben erörterte Fälle beweisen. Mehr als solche unwillkommene Bereicherung des Eyckwerks ist jedenfalls das Verschwinden zahlreicher Bilder zu beklagen, von denen uns glaubwürdige Quellen aus alter Zeit Kunde geben. So erzählt der schon mehrfach citierte Historiograph des Königs Alfons von Neapel, der um das Jahr 1456 kurze Lebensbeschreibungen seiner berühmtesten Zeitgenossen verfaßte, daß er in den Privatgemächern des Herrschers ein Triptychon des „französischen Johannes", wie er Jan van Eyck nennt, gesehen habe: das Mittelbild stellte die Verkündigung Mariä dar, auf den Innenseiten der Flügel waren der heilige Hieronymus und Johannes der Täufer dargestellt, während die Außenflügel die Porträts der Stifter, des Battista Lommelino und seiner Gattin, zeigten. Er rühmt die außerordentliche Naturwahrheit aller Einzelheiten und gedenkt ausführlich einer optischen Spielerei, die auf dem Flügel mit dem Hieronymus Staunen erregte. Der Heilige war in seiner Bücherei sitzend geschildert, und die Bücher in den Gestellen schienen, wenn der Beschauer vom Bilde zurücktrat, aufgeklappt, während man bei näherem Zusehen entdeckte, daß nur die Rücken derselben zu sehen waren. Diese Beschreibung paßt einigermaßen auf ein Bild, das unlängst aus der Sammlung des Earl of Northbrook in die Londoner Nationalgalerie gelangte. Da dieses Werk aber deutlich den Stempel italienischer Kunst trägt und eine alte Überlieferung berichtet, Antonello da Messina habe sich besonders durch ein Bild Jans im Besitz Alfonsos bestimmen lassen, den niederländischen Meistern nachzueifern, so dürfen wir in dem Londoner Hieronymus vielleicht einen italienischen Nachklang Eyckscher Kunstweise sehen. Mit den bekannten Arbeiten des Sicilianers, den Vasari phantastischerweise nach Brügge reisen läßt, um in der Werkstatt Jans dessen Geheimnisse der Ölmalerei zu ergründen, hat es auch die engste Verwandtschaft und trägt daher zur Kenntnis Jan van Eycks nur insofern bei, als es Zeugnis gibt von dem weithin wirkenden Einfluß, den seine neue Kunst übte.

Weiterhin berichtet Facius, daß Jan van Eyck für Philipp den Guten eine kreisrunde Darstellung des Weltalls gemalt habe, ein Wunder der Sorgfalt; nicht nur die einzelnen Orte und Länder konnte man darauf erkennen, sondern auch die Entfernungen der verschiedenen Städte waren in richtigem Verhältnis angegeben. Daß ein Maler mit solcher Aufgabe betraut wurde, darf uns nicht verwundern in einer Zeit, in der die wissenschaftlichen Grundlagen der Kartographie noch ganz unentwickelt waren. Außerdem war Jan van Eyck, wie Facius besonders hervorhebt, in den Wissenschaften wohlerfahren.

Derselbe italienische Humanist schildert ausführlich ein Bild des Meisters, das durch seinen Reichtum an Motiven und subtile naturwahre Behandlung den Beschauer ent-

Abb. 84. Schule des Jan van Eyck. Madonna am Springbrunnen.
Berlin. Königl. Gemäldegalerie. Holz; 57 : 41 cm.
(Nach einer Originalphotographie von Franz Hanfstängl in München.)

zückte. Der aus Florenz stammende Kardinal Ottaviano Ottaviani besaß es, obwohl sein Gegenstand eigentlich dem geistlichen Herrn übel anstand. Es stellte nämlich eine Badstube dar: schön gebaute Weibergestalten, mit durchsichtigen Schleiern notdürftig bekleidet, entsteigen dem Wasser; eine derselben, in Vorderansicht gemalt, spiegelt sich in einem Wandspiegel derart, daß auch ihr Rücken sichtbar wird. Dazu ist in dem Raum eine brennende Leuchte höchst naturgetreu gemalt und ein altes Weiblein, dem man ansieht, daß es ein Dampfbad genommen, ein Hund, der seinen Durst stillt, und in dem Landschaftsausschnitt, den wir uns wohl von einem Fenster umrahmt denken müssen, Pferde und untersetzte Männergestalten, Berge, Haine, Dörfer und Burgen, mit solcher Kunst gemalt, daß man glauben möchte, meilenweit hinaus zu blicken. Aber das Künstlichste blieb doch nach Facius' Ansicht jener Spiegel an der Wand, der das ganze Innenbild noch einmal zurückwarf.

Dieser von aufrichtiger, naiver Bewunderung erfüllte Bericht ruft manche Einzelheiten aus erhaltenen Bildern Jans in die Erinnerung. Das Spiegelbild namentlich und die gelungene Luftperspektive der Landschaft sind uns geläufig. In dem Doppelbildnis des Ehepaars Arnolfini findet sich eine ähnliche kunstvolle Spielerei, wie auch die brennende Kerze; und die kleinen gedrungenen Figürchen, die die weit gedehnte Landschaft beleben, trafen wir bereits im Hintergrund der heiligen Barbara zu Antwerpen. Solche Vielheit im Kleinen, solche Beweglichkeit des Nachschaffens schien den Zeitgenossen unerhört, darin sah man die eigentliche Meisterschaft. Über die Wahl des Gegenstandes verliert Facius kein Wort; uns Nachgeborenen wiederum scheint gerade dieser bedeutsam. Entdecken sich doch hier die Anfänge des Sittenbildes und damit die völlige Befreiung des Malers von der älteren Überlieferung, die eigentlich nur heilige Gegenstände der künstlerischen Wiedergabe für würdig hielt. Gerade Jan van Eyck, der sich auch in der Bildnismalerei mehr und mehr von den Fesseln der alten Zeit losrang, trauen wir gern diesen Schritt ins Weltleben zu. Um so mehr ist zu bedauern, daß nur schriftliche Zeugnisse sich dafür aufführen lassen. Sie einigermaßen durch Anschauung zu beleben, sei auf ein kleines Bild des Leipziger Museums hingewiesen, das zwar nicht von Jans eigener Hand herrührt, aber doch in den Kreis von Darstellungen gehört, die Facius ihm zuschreibt: ein nahezu unbekleidetes Jungfräulein schreitet in ihrer traulich staffierten Kemenate behutsam auf eine kleine Truhe, in der das aus Wachs geformte Herz ihres Liebsten liegt; an ihm übt sie den „Liebeszauber", indem sie das Wachs durch Funken, die sie einem Feuerstein entlockt, zum Schmelzen bringt. Durch die Thürspalte belauscht der Geliebte ihr geheimnisvolles Thun (Abb. 88). Das Bolognesehündchen und der Rundspiegel am Fensterpfeiler fehlen nicht.

Andere Genrebilder des Jan von Brügge erwähnt jenes Reisetagebuch eines venetianischen Kunstfreundes aus dem Anfang des XVI. Jahrhunderts, das uns schon öfter als Wegweiser diente. So besaß der Paduaner Philosoph Leonico Tomeo ein kaum einen Fuß ins Geviert messendes Gemälde: zwei Fischer bei der Otternjagd beschäftigt. Der Zusatz, daß es auf Leinwand gemalt war, macht die Zuweisung an Eyck etwas unwahrscheinlich, da alle seine erhaltenen Werke Holzgrund haben. Nicht ganz sicher spricht sich derselbe Gewährsmann auch über ein in Mailand befindliches Halbfigurenbild aus, das einen Handelsherrn bei der Abrechnung mit seinem Faktor schilderte. Er fügt der Nachricht, daß es im Jahre 1440 gemalt sei, die Vermutung hinzu, es rühre möglicherweise auch von Hans Memling her. Haben wir hier vielleicht die erste Fassung jener im Kreise des Massys später so beliebten Geldwechslerbilder vor uns, oder kleidete der Maler das Gleichnis von dem reichen Mann und dem ungerechten Haushalter (Ev. Lucä 16) in ein sittenbildliches Gewand?

Verschollen gleich diesen Bildern ist eine gekrönte, auf der Mondsichel thronende Madonna mit Goldgrund aus dem Schloß des Herzogs Philipp, Maillardet, die sich noch 1524 als kostbar gehüteter Schatz im Besitz der Margarete von Österreich befand, verschollen oder doch nicht zu identifizieren die 1715 im Palast des Herzogs von Uceda in Spanien befindliche „mit äußerster Vollendung und Feinheit" gemalte Muttergottes.

Am 9. Juli 1440 starb Jan van Eyck. Das erfahren wir aus einem Totenregister der Kathedrale des heiligen Donatian, auf

Abb. 85. Jan van Eyck (?). Stigmatisation des heiligen Franciscus.
Turin. Königl. Gemäldegalerie. Holz: 28:33 cm.

deren Gottesacker die Überreste des großen Malers beigesetzt wurden, um dann zwei Jahre später in ein Grabgewölbe der Kirche nahe dem Taufbecken überführt zu werden. Folgende Grabschrift, einer am Kirchenpfeiler aufgehängten Messingtafel eingegraben, feierte den Toten:[1] „Hier ruht Johannes, leuchtend durch höchste Tugend, dem die Malerei wunderbare Gaben lieh. Lebenschwellende Formen, das Erdreich mit seinen blühenden Kräutern malte er und flößte jedem seiner Werke Odem ein; deshalb muß ihm auch Phidias und Apelles den Platz räumen, und ein Polyklet selbst steht an Kunst ihm nach. Grausam, grausam nennet ihr daher mit Recht die Parzen, die uns solchen Mann entrissen. Doch da das Schicksal durch unsere Thränen nicht zu wenden, so bitte ich dich, der du dies liesest, zu beten, daß dem Toten ein Leben im Jenseits beschieden sei. Bitte Gott, daß er in den Gefilden des Himmels leben möge."

Im XVIII. Jahrhundert (1768) ersetzte man die Grabtafel durch ein Marmorepitaph mit dem Reliefbildnis des Künstlers und ergänzte die alte Inschrift durch einige Verse, die Jans Verdienst um die Erfindung der Ölmalerei hervorhoben; aber auch dies Denkmal blieb nicht lange an seiner Stelle, es wanderte 1782, als Umbauten in der Kirche vorgenommen wurden, in die Akademie und ist verschollen. Ebenso ist die Kirche des heiligen Donatian in den Stürmen der Revolutionszeit (1799) vom Erdboden verschwunden. Vor der Akademie aber steht auf einem Platz, der den Namen des Meisters trägt, sein Standbild.

* * *

[1] Aus lateinischen Hexametern in deutsche Prosa übersetzt.

Dem Flandernfahrer, der — in der einzigen Stille und Beschaulichkeit, die Brügge gewährt — unter den schattigen Roßkastanien des Eyckplatzes den Schicksalen der niederländischen Malerei nachsinnt, steigen viele ungelöste, manche unlösbare Fragen auf: Was hat den Pfründner der burgundischen Herzoge zum Fürsten unter den Malern aller Zeiten erhoben? Was läßt seine winzigen Bildchen dem Auge der Nachwelt so groß erscheinen? Was lockt immer wieder zu diesen, unserem modernen Empfinden scheinbar so weit entrückten Werken, was bannt und fesselt uns an sie? Bei vielen Künstlern der Vergangenheit schürt intime Kenntnis ihrer Lebensschicksale, ihres Ringens und Wachsens die Teilnahme. Hier läßt die Geschichte, die so viel Gleichgültiges aufbewahrt hat, uns im Stich. Wie ärmlich erscheint das, was man vom Lebensgange unseres Meisters weiß, im Verhältnis zu dem, dessen seine Werke geheimnisvolles Zeugnis geben! Der Historiker wird den Nachdruck legen auf den plötzlichen Umschwung aller künstlerischen Auffassung, den das Wirken der Brüder van Eyck hervorrief. Gewiß ist die Einreihung solcher Erscheinung zwischen Ursache und Wirkung lehrreich und geeignet, Aufschluß über die Gesetzmäßigkeit geschichtlicher Wandlungen zu geben. Nur dürfen wir die Ursache nicht in äußeren Verhältnissen allein suchen. Mag immerhin der Kulturboden, in dem ein Genie Wurzel schlug, die Umgebung, in der es sich entfalten konnte, viel beitragen zu dem Endergebnis seines Schaffens; eine Künstlerkraft, die sich ganz mechanisch aus Einwirkung und Anpassung erklären läßt, würde keinen Reiz auf die Phantasie weiter ausüben. Gerade unsere Zeit, die naturwissenschaftliche Zergliederung künstlerischer Phänomene als Errungenschaft oder doch als Ziel aller Kunstbetrachtung hinstellt, sucht mehr als je den Menschen hinter dem Kunstwerk. Über der psychologischen Zerfaserung der großen schöpferischen Persönlichkeit verlernt man leicht das Genießen; wer nur seinen Wissensdurst stillt vor einem Kunstwerk vergangener Jahrhunderte, ohne innerlich ergriffen zu werden, gleicht dem Manne, der einen Blumenstrauß achtlos zerpflückt, um die einzelnen Pflanzen besser bestimmen zu können. Duft und Farbe sind für ihn verloren.

Läßt sich aber die Freude an den Schöpfungen Eyckischer Kunst schlechthin auf jedweden übertragen, durch Worte anders Denkenden und Fühlenden mitteilen? Ein schüchterner Versuch sei die Antwort, die zugleich als Rechtfertigung unseres vorhinein bekundeten Enthusiasmus gelten mag.

Die Kunst der Eycks ist laut — bei aller Ruhe des Aufbaues, bei dem Schweigen aller leidenschaftlicher Erregung. Helle, laute Weltfreude predigt jede Einzelheit des Naturbildes, das sie mit Scharfblick erfassen und mit einziger Treue wiederzugeben beflissen sind:

„Wie sehn' ich mich, Natur, nach dir,
Dich treu und lieb zu fühlen!
Ein lust'ger Springbrunn, wirst du mir
Aus tausend Röhren spielen."

Raumsinn, gefällige Linienführung und wohlerwogene Gliederung der Massen treten zurück hinter der unaufhaltsam vorquellenden Lust, das Ausdrucksmittel der Farbe an neuen Aufgaben zu erproben. Naiver Entdeckerstolz spiegelt sich in der Spitzfindigkeit, mit der sie das Funkeln irdischen Tandes, die Behaglichkeit der Umgebung, das Spiel des Sonnenlichts, das Leuchten der Kerze hervorzuzaubern. Alltäglichkeiten wecken die Andacht des Malers, dessen Blick sich plötzlich aufgethan hat für so vieles, das bis dahin ungesehen blieb. Erzählen von den Wundern der Natur, von den kleinen Reizen jedes Winkels, jedes Blütenhalms will sein Pinsel. Ein fortwährendes Suchen und Finden ist in seiner Arbeit; und der Beschauer sucht mit und freut sich mit ihm am Gefundenen. Man fühlt die Auflehnung heraus gegen den tektonisch abgewogenen, unfreien Linienschwung der Gotik. Wie ein junges Morgenrot strahlt diese Malerei über einer neuen Welt. Gibt es Prächtigeres als die Natur in ihrer unverfälschten Frische, ihrer unerschöpflichen Mannigfaltigkeit? Was unser Blick nicht umfängt, was unsere Sinne nicht spüren, darf es uns hindern, das, was wir leibhaftig vor uns haben, was wir tasten können, nachzubilden?

Und doch lebt ein tiefes religiöses Gefühl selbst in den Darstellungen des jüngeren Bruders. Fast alles, was er erspäht, trägt er zum Altar, kein Frondienst ist ihm dieser Weg, sondern natürliches Bedürfnis. Er empfindet die Pflicht der Dankbarkeit für die reichen Gaben, die ihm verliehen wurden.

Die Herrlichkeit der Natur wird ihm zum fröhlichen Lobgesang auf den Schöpfer.

Hubert, der seßhafte Gemeindemaler stimmt ernstere Accorde an, als Jan. Seine Gestalten haben nicht selten etwas Bedrücktes, Gequältes; ihm war die Kunst ausschließlich gottesdienstliche Pflicht, die Freude freien Schaffens hat er kaum so lebhaft empfunden, wie der weltläufige Diener der burgundischen Fürsten.

Diesen Auftraggebern wenden wir uns noch einmal rückblickend zu: dem Haus der Valois, das durch drei Jahrhunderte dem französischen Volke seine Herrscher gab, war Kunstliebe ein köstliches, treu bewahrtes Erbe. Philipp der Kühne von Burgund war ein Bruder jenes Karl von Frankreich, der als Förderer von Kunst und Wissenschaften sich den Ehrennamen des Weisen verdiente. In französischen Diensten stand Jan de Bandol von Brügge, der 1371 eine kostbare Bilderbibel für den König herstellte.

Abb. 86. Petrus Cristus und Anthony van Dyck. Heilige Familie mit Stifter und dem heiligen Antonius. Kopenhagen. Königl. Gemäldegalerie.

Philipp der Kühne selbst wußte die ersten Künstler seiner Zeit, wie Broederlam, Jean de Hasselt und Claes Sluter an sein Haus zu fesseln, sein jüngerer Bruder, der Herzog Jean de Berry, beschäftigte ebenfalls eine Geldern, von dem man neuerdings einige Werke im Louvre wieder aufgefunden haben will, war sein Hofmaler. Claes Sluter, der Schöpfer des berühmten Mosesbrunnens in Dijon, erhielt von ihm für das Grab-

Abb. 87. Unbekannter Meister. Männliches Bildnis.
Köln. Sammlung Oppenheim.

Schar von Büchermalern, Goldschmieden und Bildhauern, deren Namen uns die erstaunlichen Inventare seiner Kunstschätze melden. Auch der unglückliche Vater Philipp des Guten, Jean sans Peur, fand während seiner kurzen und stürmischen Regierungszeit, den Künsten des Friedens Förderung und Schutz angedeihen zu lassen. Jean Malouel aus mal seines Vaters Philipp des Kühnen die damals unerhörte Summe von 3612 Livres.

So trug denn Philipp der Gute lediglich der Überlieferung seines Hauses Rechnung, wenn er einen Maler, wie Jan van Eyck, zum Vertrauten wählte.

Der prunkvollen Hofhaltung sollte die bildende Kunst Glanz verleihen. In dieser

Abb. 88. Unbekannter Meister. Der Liebeszauber.
Leipzig. Städtisches Museum

Absicht wurden die Maler herangezogen und beschäftigt. Das Gefunkel der Edelsteine und des Geschmeides, das Glitzern der kostbaren Seidenstoffe und Brokatwirkereien, das aus den Eyckschen Bildern uns entgegenstrahlt, verleugnet ihre Bestimmung nicht. Nur ein Auge, das an die Entfaltung reichster Pracht, an farbenglänzende Aufzüge und Festlichkeiten gewöhnt war, vermochte die suggestive Kraft der Farbe so richtig zu werten. In den mit schillernden Stoffen ausgeschlagenen, mit kostbaren Wandteppichen geschmückten Gemächern der Fürsten konnten nur farbenleuchtende Bilder sich behaupten.

Der Glanz der herzoglichen Hofhaltung wirkte natürlich zurück auf die Lebensführung der reichen Handelsherren. Wie die Tracht, so paßte man die Einrichtung des Hauses mehr und mehr dem üppigen Vorbilde an. Gediegenheit und Farbenpracht forderte bald auch der Bürger von seiner Umgebung. Den Grundton des Wohnraums geben die braun gebeizten eichenen Wandvertäfelungen und der Fliesenbelag des Fußbodens; persische Teppiche, grellfarbige Baldachine, mild weißes Damastgedeck, irisierende Ziergläser auf den Schenktischen und goldenes Tischgerät die Obertöne. In diesen reichen Farbenklang hinein mußte der Künstler seine Gemälde stimmen. Sie sollten nicht den Raum beherrschen, — den eigentlichen Wandschmuck bildeten die gewirkten Tapeten — aber sie mußten gleich Pretiosen, intensiver als alles Farbige im Raum, in kleinstem Maßstabe wirken. Daher der Eifer, mit dem Jan van Eyck die Glut seiner Farben zu steigern, ihnen den Reiz der Schmelzmalerei zu verleihen nicht müde wurde. So wuchs seine technische Gewandtheit zu der Höhe empor, für die die Nachwelt ihm den Ruhm des Erfinders der Ölmalerei zusprechen zu müssen glaubte.

Mit größerem Recht geben wir ihm den Ehrentitel eines Entdeckers der Natur. Der scharfe Blick seines Auges kommt der Geschicklichkeit seiner Hand mindestens gleich, wenn er nicht noch höher anzuschlagen ist, als sie. Die Wirklichkeit in ihren kleinsten farbigen Veränderungen, in ihrem äußeren Leben, ihrer Bewegung künstlerisch festzuhalten, war — wir wiederholen zum Überdruß, was fast jedes seiner Bilder uns predigt — das Ziel, das er sich gesteckt und scheinbar schon beim ersten Versuche erreicht hat, während keinem seiner Nachfolger so leichtes Gelingen beschieden war. Mühsam und stammelnd erlernten sie die Sprache, in der ihm fließend zu sprechen Natur war. Die Werke seiner unmittelbaren Nachfolger bedeuten ein Hinabsteigen von der Höhe Eyckischer Kunst. Petrus Cristus, der als Werkstattgenosse Jans gelten darf, erhebt sich in keinem seiner Werke von der Gesellenarbeit zur Meisterschaft seines Lehrers. Eher noch hat Simon Marmion, der Maler von Valenciennes, und der sogenannte Meister von Flémalle seines Geistes einen Hauch verspürt. Aber schon die Werke von Roger van der Weyden, Hugo van der Goes, Dirk Bouts zeigen, wie schnell der Lebensnerv der altfländrischen Kunst abstirbt, so sehr auch sie den Werken des kommenden Jahrhunderts an Gediegenheit und Charakter noch überlegen sind.

Erst spät setzten die Wurzeln, die von der sorgsamen Hand Jan van Eycks in den Boden fländrischer Kunst versenkt waren, neue kräftige Triebe an: die Landschaftsmalerei, das Bildnis, das Sittenbild, all die Errungenschaften, die das XV. Jahrhundert zu einer großen Epoche der Kunst stempeln, liegen in ihrem Keim beschlossen in dem Schaffen der Brüder van Eyck.